猫狩り族の長

CONTENTS

プロローグ　7

第一章　否定、否定、否定　17
第二章　生きるを試す　63
第三章　格闘技を聴きに行く　91
第四章　楽しいこと探し　137
第五章　猫たちとの邂逅《かいこう》　173
第六章　海を見に行く　201
第七章　解呪　243
第八章　世界を去る日　273

NEXT WORLD　299

装幀　坂野公一（welle design）
イラスト　Krista Tyni

プロローグ

あたしは小屋のベンチに座り、春の陽気に向けて伸びをした。足下では、二匹の野良猫がパンチを繰り出し合い、じゃれ合っている。自殺監視という目的とは裏腹になんとも長閑《のどか》な風景だ。

暇だったので、お気に入りの音楽を聴きながら、携帯のニュースサイトに目を移す。

たくさんの猫を飼い、近隣住民とトラブルを起こしている老女が話題だ。『猫の長《おさ》』を自称しているらしく、この手のサイトでは最近よく見かける。保健所がなんとかしようと動き出すらしいが、その猫たちはどうなってしまうのだろうか。保健所と聞くと、いい結果は待っていない気がして可哀想《かわいそう》だ。

やれやれ、とずれかけていた眼鏡のブリッジを押してフィットさせ、監視に戻ろうとしたところで、携帯が震える。

画面には「じっちゃん」の文字。

イヤホンを外して、応答ボタンをタップして電話に出る。

「ばっきー、退屈で堪《たま》らんやろ」

祖父は幼少期、関西を転々として過ごしていたそうで、基本的には関西弁だ。あたしのことをばっきーと呼ぶ。

猫の戦いは片方が相手に乗っかり、ワンサイドゲームになっている。

「だから電話してきてくれたの？」

「せや」

「あたしなら大丈夫」

よく自分が他人にどう思われているかを心配するひとも居るが、あたしに関しては、常に物事をフラットに考えていて、よく言えば冷静だし、悪くいえば感情が一定の無個性な人間だ。

「たまの休みなんだからちゃんと休んでよ」

「言うてもな、じっちゃんも暇で堪らんのやわ」

だったら、監視をあたしが代わる意味なかったやないかい、とツッコミたくなるが、祖父思いのあたしは自重しておく。

劣勢だった猫のパンチがカウンターで入り、上下が入れ替わっていた。もしかしたら、代わりばんこになるルールがあるのかもしれない。

「テレビを観るとか、本を読むとか、いろいろあるでしょ。じっちゃんの好きな哲学書は？」

「ほとんど読んでしもた。次はなに読んだらええと思う？」

「元プロ野球監督の書いた采配の本とかどう？」

「どこに向かわす気や」

「知らんがな」

こっちまで関西弁になってしまう。

そんな会話をしている最中、ひとりで歩いている女性が眼鏡のフレームの外からレンズの中にインしてきた。あんなに遊ぶことに夢中だった野良猫たちが、まるで、「こいつはマズイことになったぞ」と一瞬目配せを交わした後、サバンナの大型肉食獣から逃げるような速さで居なくなる。

薄手のシンプルなブラウスにくすんだ紫のパンツという春っぽい格好。ただ、バッグを持っていないのが不自然だ。

ここ塔神坊《とうじんぼう》は、いわゆる自殺の名所だ。各所に自殺を思いとどまらせるための句碑や看板を設置して防ぐ努力をしているし、公衆電話には十円硬貨を常備して誰かに相談ができるようになっている。その女性はそれらを無視して、がんがん突き進んでいく。

観光客ならこれまで何度も見てきた。連れの姿もなく、明らかにおかしい。

「じっちゃん、ごめん。怪しいひとを見つけたから一回切るね」

低い声で囁《ささや》くように伝えて通話を切り、その後を追う。

働きづめの祖父に休暇を取って欲しくて、自分から代わりを引き受けたのだから、これぐらいのことはしなくては。小さい頃から、頼まれたことは何事も最後までしっかりやり遂げてきた自信もそれを手伝った。

舗装された石畳の先は、もう道なんてない。ただの岩肌だ。

女性はその岩に足をかけ、勢いよく登っていく。あたしだってそんな奥まで行ってみたことはない。

岩肌とはこんなに歩きづらいものだったのかと、驚く。女性は慣れているのか、あるいは運動神経がいいのか、戸惑うことなく登っていく。全然追いつけない。

あと数歩で海に落ちる。そんな切り立った崖を前にしていた。だが登る足は止まらない。

止めなくては、と思った。声をかけなくては。

それが祖父の代わりに今日ここに居たあたしの役目だ。

「死んでは駄目です」

あたしはこれ以上ないぐらい必死な声をあげた。

女性は足を止め、うんざりだとばかりに襟足の辺りを激しく掻《か》きながらこちらを怪訝《けげん》そうに

なぜ？　と問うような面持ちで振り返った。二十代にも見えたし、三十代と言われても不思議ではない容姿。ただ、端正な顔に綺麗《きれい》な黒髪、モテるだろうな、と思った。いや、こんな時になに不謹慎なことを考えているんだ。

思いとどまらせる決定的な言葉を続けなければ。頭をフル回転させて、煙が上がりそうな勢いで考える。

「今、死にたいと思っているだけかもしれないじゃないですか」

とにかく刹那的にだけは死んで欲しくない。そういう自殺者は多い。だからそう伝えてみた。

表情は一切変わらない。その待ちの姿勢は、あたしを試しているようでもあった。そう考えると、心を動かしてみせろよ、と挑発されている気にもなってきた。

「親が悲しみますよ」

我が子に先立たれることほど不幸なことはないはずだ。

女性は、首の凝りをほぐすように一周回した。寒気を覚える。カーディガンぐらい纏《まと》ってきたらよかったと思うほど。

なんだ、この打っても響かない、あるいは暖簾《のれん》に腕押しの手応えの無さは。

「育ててもらった恩がありますよね？」

畳みかける。これも当然のことだ。人間は生まれてから、ひとりで生きてはこられない。あたしも品行方正な人間に育ててくれた両親にはとても感謝している。

それでも相手はそんな言葉聞き飽きたと言わんばかりに大きなあくびをしている。

同じ人間とは思えない。反応がいちいち予想外で、まるで全く異なる教育を受けて育ってきたかのような、そもそも言葉が通じていないような断絶感を覚える。

だが、そのまま閉ざされはしなかった。ようやくあたしに投げかける言葉を見つけ出したのか、喉の辺りが動く。

「そもそもお前は何者だ。その若さで私を説得するに足る人間なのか？」

魔力でも宿っているのでは？　と思うほど、威圧的な目で見下ろしてくる。

自分がそれほど価値のある人間だとは思っていない。でも、今は怯《ひる》むことなく名乗らなければば。

「あたしは……」

声が擦れてしまう。ごくりと唾を飲んで、喉を潤してから言い直す。

「あたしは！　自殺を思いとどまらせる役目のヘルプで入っている！」

上手《うま》く一息で言えず、息を吸い込む。

「時椿《ときつばき》と申します！」

すると、相手は「は？」と、くしゃみでもする寸前のような気の抜けた顔になった。

そして、そこで時が止まってしまったように、ただ風に吹かれるままになっていた。

なんだ、この間は。何か自己紹介を補足すべきだろうか、と考えた始めたところで、

「と　き　つ　ば　き？」

あたしの苗字《みょうじ》を一文字ずつ、反芻《はんすう》するように音にした。

「はい……珍しいですけど、そうです」

そう答えると、相手は口を手で閉じて、背中を折った。具合でも悪くなって戻しそうなのか、と心配する。

堪えきれず出てきたのは、うわっはっはという盛大な笑い声だった。それは漫画に出てくる絵ぐらい見事で、爆笑の標本として美術室に飾っておきたいぐらいだった。

「いや、ここ最近で一番笑った」

美しい目尻に涙まで浮かべているではないか。

「え……なんでです？」

どこに笑う要素があったのだろう。こっちはずっと真剣だ。

「だって、相撲取りのようではないか。にぃしぃ――、ときつばぁきぃ――！　みたいな」

まさか、そんな理由だったとは。

そしてなんて、おどけた声を出すのだろう。

「そんな名前の関取いなかったか？」

「居ません！」

なんて失礼なひとなんだろう。と思うあたしもお相撲さんに失礼だな。

でも……笑顔を見せてくれた。自殺を思いとどまってくれるかもしれない。

相手は桜色のハンカチを取り出し、涙を拭っていた。それをお尻のポケットに仕舞うと、仕切り直しだとばかりに背筋を伸ばして胸を張った。

「その面白い苗字に免じて答えてやろう。私は世界の外側を知りに行きたいんだ」

世界の外側……？　学校で習っただろうか？　世界史で？　理科で？　いや、初めて聞く言葉だ。

「なんですか、それは？」

「死んだ後に待つ世界だよ」

やばいひとかもしれない。そもそも死のうとしていたのだから、それぐらい全然ありえるのだけど。

「いや、死んだらそこでお仕舞いですよ。何も待っていません」

「ほう。お前は見てきたというのか」

そんな絡まれ方をされても、と面倒臭さを感じる。お仕舞い、という言葉を聞いていなかったのだろうか。

「見てません。見られません。文字通り、その命はお仕舞いになるんです」

「なんだ。知らないのではないか。だから、私は知りに行くのだよ」

そう言って、背中を向ける。まるでそれがこの崖の向こうにあると言わんばかりに。

「落ちたら死ぬだけです！」

必死に近づこうとするが、尖《とが》った岩の上でバランスを崩す。全然距離が詰まらない。

だが、懸命な声が届いたのか、もう一度振り返ってくれる。

なんの感慨も覚えていないような冷たい目で。ドラマのワンシーンを演じているような美しさで。詳しくないけど、クーデレというものがあるらしい。クールとデレが合わさった言葉だが、今はそのクールをひたすら演じているようにだ。この後、デレなど待っているとも思えない。一辺倒なクールキャラの可能性だってある。そう思わされるぐらい、目に宿る意志はまっすぐで、振り返るだけの所作も素早く、切れ味があった。

「そもそも私はこの世に産み落とされることなんて頼んでいないぞ？」

第一章　否定、否定、否定

一　ワンダフルイノセント

「え……？」

そんな頼りのない声しか出なかった。そもそも風の音に阻まれて相手には届いてもいないだろうけど。

「私はこの世に生んで欲しいと頼んでもいないと言っているのだ」

相手はあたしのほうに一歩踏み出して、忌々《いまいま》しそうにそう告げた。

「子供を作ろうという親の勝手な計画に巻き込まれただけだ。むしろ親だけは悲しませてもいい権利が私にはある。なぜなら、私の意思に関係なくこの世に産み落とされたからだ。ただ少なからず悲しんでくれるひとはいるだろう。それは不憫《ふびん》には思うが、その文句は親に言って欲しい。親が私に断りもなく勝手に産むと決めたのだからな」

まるで、あたしが説得されている気分になるような饒舌《じょうぜつ》さだ。しかも、説得力がすごい。

……わかりました。なら、死にましょう。

思わず同じ答えに至りそうになるが、体をよじって邪念を払う。

「って、なっちゃ駄目――!!」

天に向かって己を奮い立たせた。

危ない。屈するところだった。額に滲《にじ》んだ汗を手で拭う。相手は突然なことに目を丸くしているが、自分を取り戻すためのルーティンのようなものなので致し方ない。

なぜかいつもこういう立場に立ってきた気がする。周りの流れに呑《の》まれても、懸命に最後まで面倒を見る、お人好《ひとよ》しだ。なにより祖父の代わりに監視小屋にいた以上、あたしには阻止する責任がある。カウンセリングのような専門的な話の聞き方は出来ないけど、あたしなりに精一杯立ち向かわなければと心を引き締め直す。

「親だけは悲しませていい……そう思うということは、親とは仲がよくないんですね」

それぐらいはあたしにでもすぐ想像がつく。

「いや、特には」

「特には――⁉」

「毎年帰省はするし、なんだったら、父の日、母の日にはプレゼントも贈る」

「むしろいい――‼」

今度は衝撃の余り、天に叫んでしまう。

「良好な関係を崩さず維持してきたというのが正しいが、お前、すごく元気だな。わんぱくなお年頃か」

「元気が有り余ってるから叫んでるのではなく、動揺してるんです！」

「なになだ？」

「あなたの発言にです！　さっきから予想だにしない返答ばかりだからです！」

「知らんよ。お前の苗字が滑稽だから、答えてやっているだけに過ぎない」

時椿でよかった。親に感謝だ。いや、親がつけたのは下の名前だけなので先祖に感謝だ。

「なら教えてください。どうして死のうとしているんですか」

そう訊《き》くと、風で乱れる髪もお構いなしに、ふんと鼻で笑う。実際には聞こえなかったが、絶対笑ったはずだ。

「私はお前ら一般人と違ってな。生きることにまつわるすべてが面倒で、不快で、楽しさも幸せも感じられない不幸な人間なのだよ」

面倒くさいひとだなあ。寝転がってスマホを眺めているだけでも、毎日は普通に過ぎ去っていくはず。

だが目の前の相手は自信満々で、余裕の笑みすら浮かべている。

「逆に訊くが、なぜ生きたいと思える？」

「それは生きていたら、楽しいこと、幸せなことがいっぱいあるからですよ！」

ここぞとばかりに言い放つ。

「あるか？」

「あったでしょう⁉　美味《おい》しいものを食べたとか、可愛《かわい》い洋服を見つけたとか！」

あたしは高校生の頃、よく友達と食べ歩きをしていた。それが週末の楽しみだったりした。

「食べることにもファッションにも興味はない」

まるで響かない。豆腐に暖簾押し状態だ。待て。ことわざが衝突事故を起こすほど、こっちが混乱している。豆腐が暖簾のように下げてあったら入りづらくて堪ったもんじゃない。

「テレビとか、映画とか、娯楽だってたくさんあるじゃないですか！」

「面白いと評されているものは観てみたよ。だが、ことごとくくだらなかったよ」

「ワンダフルイノセント観ましたか⁉　空前のヒット作ですよ⁉　日本中が涙した‼」

去年公開の一大ムーブメントを巻き起こしたアニメーション映画だ。あたしも映画館に三度も観に行き、三度とも涙したくらい感動した。

だが相手は興味なさそうに鼻をほじり始めた。

「もちろん観たよ。くだらなかった」

「ワンダフルイノセント――‼」

盛大に叫んでしまう。

「その作品に罪はなかろう」

「そりゃそうですけど、あれがくだらなかったらなにが面白いんだ‼」

「だから言ってるじゃないか。楽しいことなどなにもないと。ところで、形容詞と形容詞が合わさっただけのタイトルを誰もおかしいとは思わなかったのかな」

そんなこと、今はどうでもいい。

冷静になれ、と乱れた息を整える。他に死にたくなる可能性を考えてみる。

これもすごくありきたりだが、充分あり得ることが頭に浮かぶ。

「それは……鬱とか、そういう心の病なのでは？」

言ってしまってから、はっと息を呑んだ。その指摘は相手を追い詰めかねない。同時に自分の浅はかさにショックを受けた。

だが、女性は誇らしげに顎をつんと上げ、語り始めた。

「この考え方は生まれつきのものだ。何も考えず生きられたのは精々小学生までだったな。中学生になった時点で、すでにこの世界は退屈で死にたかった。授業を受けるのも苦痛だったが、夏休みなど長期の休みは地獄のようだったよ。あまりに膨大な暇を持て余してな。ちみなに、ありとあらゆる抗うつ剤も処方してもらった。結構長い間心療内科には通っていたのだ。大枚をはたいて磁気刺激治療も受けたよ。それでもなにひとつ世界の見え方など変わりはしなかった。なぜなら病んでいなかったからだ。私にとってはこれが正常なのだよ」

なんという自信だ。そして説得力がすごい。

相手はさらに続ける。

「この世界は生きるに相応《ふさわ》しいのか？」

ぽかーんと立ち尽くしてしまう。あるいは、見惚れてしまっていた。まるで映画のワンシーンのようだと思った。海をバックに崖に立つこの美女はそれぐらい画《え》になる。

女性は唐突に、片方の目を手で覆い隠してそれを震わせた。まるで魔力の暴走を食い止めるかのように。

残されたほうの目が、ぎろりとこちらに向く。

「人生が生きるに値するかは、きっとこれまでも論じられてきただろう。だが、私はこう思うのだよ。死んだ後に待つ世界のほうが、今よりまったくいいことだって充分にありえる、とな。死んだ後に、よくあんなひどい世界で生きていたものだ……とこの世界を忌々しく思うかもしれないぞ？　もしかしたら、我々は前の世界でとんでもない罪を犯したのかもしれない。その罰で、この世界に産み落とされたのかもな。きっとその判決が下された時、我々はひどく狼狽《ろうばい》しただろう。『それだけはなにとぞご勘弁を!!』と額を床にこすりつけて懇願したかもな。けど、刑は執行されたのだ。それがこの世界で生きるということだ。お前だって、大罪を犯したひとりなのかもしれないぞ？」

寒気がした。

なんだ、そのおぞましい空想は。漫画の中のセリフのようではないか。でも、実際に言われているのは現実に生きるあたしだ。果たして、あたしは大罪を犯したひとりなのか。十九年という短い人生だけど、一瞬目を閉じ振り返る。

レコードショップを営む実家は決して裕福ではなかったけど、いい両親を持ち、過保護なぐらい不自由なく育ててもらったし、多いとは言えないけれど、ちゃんと友達も居て、週末には遊びに行こうと誘われる、恵まれた人生だ。そんなことはないと断言出来た。

もう一度女性と正面から向き合う。

「あたしはちゃんと、生きることに喜びを感じています。この世界で生きることが罰であるなんて、決して思えません」

そう伝えると、相手は嘲笑なのか痰《たん》が絡んだのか、口に手を当て、くっくと震えた。

「おめでたい奴《やつ》だな」

両腕を腰に当て、まるでスタイルの良さを見せつけてくるように言った。

「だが、お前の苗字のおかげで久々に楽しめたので、メシぐらい奢《おご》ろうか」

やった！　と拳を握る。

あたしは自分の力で、この女性の命を救ったのだ。思い留《とど》まらせたのだ。じっちゃんも褒めてくれるに違いない。

「じゃ、もう飛び降りたりしないですね？」

「それとは話が別だ。今日ぐらいは生きてやってもいいと思っただけだ」

「えー」

じっちゃん。駄目です。あたしはこのひとを救う自信がありません。

がくりと肩を落とす。

でも、ここから離れてくれるというのであれば、最初のミッションはクリアだ。

自殺を止めるのは言葉ではなく、行動だって祖父は言っていた。つまりは、何を言ったかではなく、何を成したかだ。

だから第二のミッションは食事を取ってもらうこと。お腹《なか》が膨れたら、幸せな気持ちになって、刹那的な負の感情も吹き飛ぶかもしれない。行動を積み重ねていくことが大事なのだ。

「最寄りの食堂でも徒歩で三十分くらいかかりますけど、いいですか？」

「いいとも。今日は生きている」

明日は⁉

あたしはこの日、美しく、気高く、そして恐ろしく面倒くさい人物と出会った。そんな相手だったからか、一期一会という四字熟語が浮かんだ。この出会いが一生に一度だけのものとなる。なぜだか、そんな予感がして鼻の奥がつんとした。

「そういえば、あなたの名前を訊いていなかったです。教えてもらっていいですか？」

「私か？　私は十郎丸《じゅうろうまる》だ」

「ひとのこと言えない――！　笑えない――‼」

二　アーティスト

思わずツッコんでしまう。あたしがお相撲さんなら、ラグビー選手みたいな名前だ。

「悪いが、本名ではない。仕事用の名前だ」

「え？　お仕事を訊いてもいいですか……？」

「サウンドクリエイター。つまり作曲家だ。あくまでも曲を提供するだけの作家だがな」

「アーティストだった――‼」

びっくりして叫んでしまう。

「十郎丸さんに曲を作って欲しい！　というひとが頼ってくるわけですよね？」

才能のおかげで、苦労することなくお金を稼げるのだろう。有名な歌手から作曲の依頼が次々と舞い込んできて、自殺とは一番縁遠い華やかな職業に思えた。

あたしはといえば、大学に合格した高三の二月末から一ヵ月の間だけ、母親の勤めるスーパーでレジ打ちのバイトをしたが、言われることを必死にこなすだけのてんてこ舞いな仕事内容だった。実家は音楽関係ではあるが、古いアナログレコードを扱う専門店で、いつも閑古鳥《かんこどり》が鳴いていた。

「そんな名指しで依頼があるのは成功しているごくわずかだ。フリーで活動しているが、実情はコンペに送り続け、採用されるのを待っているだけの日々だ」

「それがなかなか採用されずに落ち込んでいたってことじゃないんですか……?」

仕事の失敗続きで落ち込んでいることは、充分考えられる。

「悪いが、私は結構採用される。PassWordというアイドルグループは知っているか」

「パスワ?　もちろん」

「先週配信一位を取ったShining Wizardは私の曲だ」

ずがんと雷に打たれたような衝撃が、頭のてっぺんからつま先にまで走る。

監視小屋で聴いていた音楽こそが、今あたしが一番ハマっているグループ、PassWordだ。

一年前ぐらいに動画共有サービスのオススメでたまたま知ったが、歌もルックスもダンスも格好よく一目惚《ひとめぼ》れし、そこからすべての楽曲を漁《あさ》ってきた。

そんなグループの作曲者が今、すぐ隣を歩いているということに驚かずに居られるものか。

「有名人だったなんて……」

「馬鹿言うな。アイドルグループのシングルに採用されたところで、作家は有名にはならない。実際、お前は私を知らなかったではないか。業界を渡り歩く肩書きとしては有効だがな」

「そんな……次々仕事が舞い込んでくるような売れっ子作曲家様なのではないのでしょうか……？」

　ただの歩行すらままならない。ビクビクしてしまっている。

「なに今更ちょっと緊張し始めてるんだ」

「そりゃ、緊張しますよ……さっきまで聴いてた曲を作ったひとなんですから……」

　親や学校の先生以外で、しかも作家として成功している大人と話すのは初めてだし、今日まで周りの状況に流されて生きてきたあたしにとっては、貴重な体験だと感じ始めていた。

「死ぬほどか？　と思うだろう」

　そうずばり言い当てられたのは、十郎丸さんが支度に一時間ぐらいかかるあさりの炊き込みご飯を注文して、手持ち無沙汰になった時だ。

「創作は死ぬほど辛《つら》い」

　好きなことを仕事にしているイメージだったので、そんな苦しさとは無縁に思っていた。才能だけで食べていけるなんて、この世で一番楽ちんな人生にも思えた。

「時椿くん。いいかね。創作というのは、すごく大変な作業なのだよ。テストのように答えがあるわけじゃない。時間をかけたら正解が導き出せるわけじゃない。まったくない無から一を引き出す作業なのだよ。そうだな……例えば、何もない空間から鳩《はと》を取り出す、そんな手品を見たことはないか？」

「あります」

ベタすぎて今ではやっているひとはほとんど居ないが、ネットの動画で見た記憶がある。

「それを我々はタネなしでやっているようなものなのだ。本当になにもない空間から鳩という物質を生み出し続けるのだよ。どれだけのエネルギーが必要だと思う？」

「エネルギーがあっても、そんなの不可能です」

「時椿くん、これは例えの話だよ。出来たとしたら、どれぐらい大変だろうか、という質問だ」

「それは……想像を絶します」

「うん、いい言葉だ」

十郎丸さんは、あたしの答えに満足したのか、優雅に頷《うなず》いた。

「想像を絶する大変さだ。毎日苦しむ。起きてから、作業部屋のパソコンに向かって、鍵盤を叩《たた》いて、寝るまでひたすら何もないところからメロディを生み出すことを試みる。ものすごいエネルギーを使って、振り絞って、なくなろうとも曲は出来上がらない。気がおかしくなりそうな毎日だよ」

その苦悩を思いだしてか、前髪を掻《か》き毟《むし》る。

「そういうのって、とっかかりはないんですか？　こんな曲を作ろうとか、ヒントのようなもの」

「なるほど。似たものを作れというアイデアだな？　鳩ではなく、鳩に見える風船を膨らませろ、と。それは本物を作るより、よっぽど楽だろうな」

当てつけのような声色。

また地雷を踏んだ、と思った。そんなふうに捉えられるだなんて。酷《ひど》いことを言ってしまった。

それはつまりパクリだ。作家に、しかも死のうとしていたひとに向けるべき言葉ではない。

「だが、その手も尽きたのだよ」

「やってた――!!」

「むしろ、やりすぎて、似たような曲ばかりになって、一辺倒な曲しか書けないコンポーザー扱いになった。またあのアーティスト風の曲っすかーと言われまくるようになった。やはり、オリジナリティというのは大事なものだな。ところで、時椿くん」

組んだ手の上に顎を載せる。

「なんでしょう？」

「なになに――!!　と叫ぶ時、天を仰ぐのはなんの意味があるのだ？　目の前の相手に唾が飛ばないように配慮しているのか？　それとも、天になにかあるのか？」

「どっちでもありません！　ただの癖です！」

「そうか。なら、落ち着いて聞け。まるで私のほうが生き急ぐお前を説得しているようだぞ？」

まったくその通りだ。十郎丸さんのほうが終始落ち着いている。端から見たら、あべこべに映るだろう。

「ところで時椿くんはまだ学生か？」

「はい、大学一年生です」

「よかったな！　受験も去って、一番脳天気に過ごせる時期じゃないか！」

これから地獄がやってくるみたいに言われる。

でも話が変わった。このまま当たり障りのない会話に持ち込むべく言葉を探していると、

「まったく羨ましい。この歳《とし》になると体のどこかは凝っていて、痛くて、生きているだけで大変なのだよ」

続けざまにそう言うと、首をぐるりと回す。ほうれい線も浅く、皺《しわ》一つ見当たらないほどの若さであるのに。

「マッサージとか、整体に行けばいいんじゃないですか？」

「二週に一度は行っている。でも、楽になるのは、その日ぐらいで翌日ぐらいからはまた凝って痛いよ。毎週行くほどの経済力はない。あと、重力が重い」

「は？」

「歳を取ると、体が重くなる、というだろう？　疲れが溜《た》まって、ベッドから起き上がれな

い、とか。その正体は、どうにも重力のせいな気がしてならないのだ」

風向きが怪しい。嫌なところに向かっている気がする。

「でも、そんな話、聞いたことないんですが……」

「計測は出来ないだろう。体感なのだからな。鬱のひともそうだろう。体が重くなって、なにもする気が起きなくなるからな。つまり重力の体感には個人差がある、というのが私の見解だ」

不思議なことを考えるひとだ。

「精神医療はまだまだ未発達だ。三十年ぐらい経《た》ったら、もう少しマシになると思うがな。自殺で検索をかけたら、心の相談窓口の電話番号が出るようにはなっているが、かけてみろ。その日の担当によって、言われることは様々だぞ。そうなると助かるかどうかは、運だ。いい担当に当たるかどうかだ。ひどい場合、今どれだけ死にたいかを訴えても、『そんなことを私に言われても……』と返されるんだぞ？　だったら、なぜお前は電話に出たんだ⁉　と百遍ぐらい問いただしたくなるではないか」

「詳しいんですね……」

「いきなり崖から飛び降りたりはしない。心療内科には十年以上通ったし、ＴＭＳ治療と呼ばれる磁気刺激治療には百万も払ったのだぞ？　私なりに努力はしてみた結果だ。まあ、セロトニンやドーパミンといった脳内物質の分泌量がひとより少ない、というのも原因だろうがな。それらを正確に計測すら出来ないのだぞ、今の時代にあっても」

そこから精神にまつわる話が続くが、どんどんと小難しくなっていく。

理解出来ず、ただその整った顔に見惚れているだけになってしまう。

そのことを正直に言うべきか、というタイミングでようやくあさりの炊き込みご飯がテーブルに並んだ。

「って、なんであさりの炊き込みご飯！　一時間ぐらいかかりますって、それもう全然注文入らない品ですけど大丈夫ですか？　ってことじゃないですか!!」

「今更だな。食べたことないからだが？」

「十郎丸さんでもそういうものがあるんですね」

「お前に私はどう見えているのだ。贅沢《ぜいたく》な暮らしをしていると思うな」

十郎丸さんは、いただきますもせず、炊き込みご飯を掻き込み始める。

よしよし、と頷く。ここまでは無事に事が進んでいる。

炊き込みご飯の感想は特になかった。思ってたより美味しくなかったのか、あるいは、本当に食に興味がないのか。

死にたいとは言いながら、こうして話してみると饒舌で、感情的になるとうまく言葉に出来ないようなことも理路整然と語ってくる。

姿勢も常に背をぴんと張って堂々としていて、死のうとしていたひとにはとても見えない。

そのことを伝えてみた。

「私は消えてしまいたい、というネガティブな気持ちではないからだよ。次の世界に進みたい、というポジティブな気持ちでいるのだよ。どんな世界が待っているのか、楽しみではないか。そういう意味では、私はとても無知だ。知りたいのだよ、どんな世界が待っているか。その情熱が私をそう見せているのだ」

「転生して、またこの世界に人間として生まれてくるかもしれませんよ？」

「仏教だな。でも、それはそれでいい。肉体が変われば、世界の見え方だって変わるだろう。それは新しい世界に生まれるに等しいのだよ」

「人間じゃないかもしれませんよ。猫とか」

「最高じゃないか」

「え……いいんですか⁉」

「猫が好きなのだよ」

顔をほっこり緩ませる。美女から一転、美少女へと変貌していた。そんな表情を見せてくれるなんて。

「だったら、飼いましょう」

前に乗り出し、そう提案するが、たちまち顔を険しくする。

「言っておくがな、私は金に物を言わせて家事代行を頼んでいるような人間なのだよ。ようは、ひとに洗濯や部屋の片付けをしてもらっているのだ。生きることにまつわるすべてが面倒な人間なんでな。そんな自分の世話すら出来ない人間に飼われたら、猫が可哀想だろ」

「猫のために頑張って生きなくちゃ！　と思えるかもしれませんよ？」

「そこまでして生きる理由もない。そもそも出生率が深刻なほど落ち込んでいる中、猫と生きるだなんて生産性がなさすぎて不毛だろ」

死のうとしていたひとが、出生率とか気にするのか。

と考えたところで、訊いてみたいことが浮かんできた。自殺監視人としての疑問なのか、ただの個人的な興味か、あるいはその両方のまぜこぜか。

「彼氏さんはいらっしゃらないのでしょうか……十郎丸さんなら、言い寄ってくる男なんてごまんといそうですが」

話す内容はいちいち深刻だが、その見惚れるほどの容姿は第一印象から変わっていない。美しくきりっと引き締まったフェイスラインは、丸顔のあたしと果たして同じ人類なのだろうか？

しかしこの背筋がぞわぞわする感じはなんだろう。こんな状況なのに、何かこれから楽しいことでも始まりそうな予感だ。

時に屁理屈《へりくつ》に聞こえるような話もあったが、本人は真剣そのもので、なにより自分がその生き証人であるという自信に満ちていて、もっとこのひとが生きてきた世界を知りたいと思わせてくるのだ。

三　フォー・ウェディング

顔はあたしのほうを向いていたが、十郎丸さんはそれよりも遥《はる》か遠く後ろを見ているようだった。もちろん、振り返ったところで何があるわけでもない。こういう時は、過去に思いを馳《は》せているものだ。

「時椿くんにそういう経験は？」

急に視線が合う。

恋愛。それは奥手なあたしにとっては未《いま》だにふわふわとした雲のようなものだった。

「いえ、まだないですけど……」

「ということは、これからありえるのか？　好きなひとが居る、ということか？」

「えっ……いきなりなんですか……」

「これだけ打ち解けたのだ。それぐらい聞かせてくれてもいいだろう？　ここのお代も出すぞ？　な？」

血色がよくなった顔を近づけてくる。どうしてさっきまで死のうとしていたひとが、こんなにウキウキしているのだろう？

入学直後の親睦会で知り合った遠坂《とおさか》くんという名の男子の顔が頭に浮かぶ。

「そうですね……気になるひとは居ますけど……その程度です」

「そいつはイケメンなのか？」

「いや、特にイケメンというタイプではないですね……」

無条件でモテるタイプには見えなかった。

「なるほど。では運動している姿が格好いいのだな。よくあるパターンだ」

「運動してるところなんて見たことないですけど……」

「そいつのどこを好きになったのだ――!!」

コップをテーブルに叩きつけ、しぶきが舞う。水で酔っ払うひとなのだろうか。

「ちょっと陰があって……雰囲気が格好いいといいますか……そういうところですが……」

無理くり言葉にしてみるが、それに弾《はじ》かれたように十郎丸さんは顎を突き上げた。

「はっ、雰囲気イケメンか。まあ、学生時代の恋愛など所詮そんなものだろう。好きになる根拠が薄すぎるのだ。社会人になってみろ。すぐさま心変わりするぞ。何者でもないただの学生に価値なんてないからな。社会に出たら、成功して着実に出世していく人間と、停滞し続ける人間とに分かれる。当然、成功を重ねどんどん出世していく人間のほうが圧倒的に魅力的であり、そのような異性との間に子をもうけたくなる。要は優秀な遺伝子を残したくなるのだ。好きになる根拠など、圧倒的にこれから形成される。お前は夢見る乙女だ。社会に出れば、現実を知り今想《おも》っている男の遥か上をいく有能な異性と巡り会い、いい遺伝子を残すために切磋琢《せっさたく》磨《ま》することになるだろう。まあ、この圧倒的経験論を語ってしまった時点で夢から醒《さ》めさせてしまったか。私が言いたかったのは以上だ」

「もうしばらく夢見る乙女のままで居たかった――!!」

「そもそもお前は出会い尽くしたのか。古今東西の男子と出会ってみたのか。それでなお、そのひとが一番好きと判断したのなら納得してやろう」

「そんな行動力はないです……まだ学生ですし……」

そう告げると十郎丸さんは、「でもな」と前置きし、邪眼《じゃがん》を片手で覆う。そうするのが癖なのだろうか。また始まった、と思う。

「世の中そんな出会いで結婚する奴らばかりなのだ。だから、結婚して、子供が出来てから、うちの嫁があーだこーだ、うちの旦那があーだこーだと、SNSに愚痴りだすのだ。まずそんな不幸に至る可能性がないことを確認してから結婚するなり、子作りすべきだ。そもそも一生愛し続けると誓いを立てたのだろう？　なのに舌の根も乾かぬうちに、こんなひとだと知っていたら結婚していなかったなどと戯言《たわごと》を垂れ流し始める。それとも何か。子供が出来たら相手の性格が変わるとでも言うのか。日々、SNSに晒《さら》される文句に対して、それは女性のほうが悪い、それは男性のほうが悪いと論争が巻き起こっているが、私からすると、それ以前の問題だ。そういう相手と見抜けないまま、恋という一時のロマンに酔いしれ、脳内物質が溢《あふ》れ出《で》ている状態で愛を誓い合ってしまった早計な自分の愚かさを自省しろと言いたい」

「十郎丸さんもそんな経験を……？」

「馬鹿な。そんな愚か者と一緒にするな」

見下すような冷めた目で言われる。本当に死のうとしていたひとなのだろうか。

「私はそうなる前に、別れを告げてきたよ。誰ひとり、私の興味を引き続けられる男はいなかった。むしろ、生きる足を引っ張る存在となっていく。世界の誰もが敵になろうとも僕だけは味方でいるよ、と言っておいて、そいつが真っ先に攻撃してくるのだ。舌の根も乾かぬうちに正反対の行動を取るのだ。毎日連絡をしないだけで怒りをぶつけてきたり、仕事の納期を優先して風邪の看病に駆けつけないと人でなしとなじられたりな。『僕はこんなにも味方で居るのに！』という短い文句によくもまあ矛盾を放り込めたな、と感心さえする。せめて過去形にしろ。味方であったのに、とな。結局人間は誰しもことごとく利己的だ。そういう意味では、人の本性は善ではない。悪だ。どれだけ慈悲深いことを言っても、自分が報われないと知った途端、その理不尽を即座に訴えてくる。光のような速さで馬脚を現す」

　どれだけ饒舌なひとなんだろうと思う。これまで関わってきたひとへの呪いの言葉でしかなかったが、少しはストレスの発散にでもなっているのか、時に笑みも浮かべ、清々しているように映る。

「でも他人と付き合う、というのはそういうものなのではないでしょうか……」

　この若さでこんな物言いをしていいかわからなかったので、語尾は不安なまま失速する。

「わからないか。だったらこの話をしよう。相手の男が、別に欠席しても構わないような飲み会に出て、前後不覚に酔い潰れて帰ってきたことがあってな。私は仕事の手を止めて、介抱した。ベッドまで運んで寝かせてやった。水が欲しい、と訴えてきた。私は流しまで水を汲《く》みに行き、持っていったよ。ただ、私も喉が渇いていたので、一口だけ飲んで、その後、その男の首を抱え上げ、飲ませてやった。だがな、相手は元気になると、真っ先に私にキレてきたのだよ。どういうことかわかるか？」

「え……まさか、先に水を飲んだことに対してですか？」

そう伝えると、十郎丸さんはテーブルの上に肘をつき、組んだ手の上に顎を載せた。

「時椿くん……そのまさかだよ」

まるで難事件の真相でも言い当てたかのようなカタルシスを味わわせてくれる。そんな演出は要らない。

片目に手を当て、それを小刻みに震わせる。

「俺が飲みたいと言ったのに、どうしてお前が先に飲んだ？　と怒りの表情で詰め寄られたよ。私はそこまでの過ちを犯したか？　百歩譲って、仕事の付き合いで無理矢理飲まされて泥酔してきたのなら、まだわかる。仕事も大変だなと思うよ。それで私にあたるのなら許してやってもいい。だが、ただお前が行きたいだけの飲み会に行って、仕事をしていた私の手を止め、挙げ句、私が水を一口先に飲んだ、それが気に入らないからあたってくる、そんな男に対しても私は寛容で居て、次からはもうしません、と頭を下げなくてはならないのか？」

なんだろう。もっと理不尽なエピソードなら共感もして、激しく顔を左右に振れたのに、素直にそう出来ない違和感がある。

そうだ、細かすぎるモノマネをされた時の気分だ。似てるのだろうけど、本物を知らなすぎて笑うほど自信がないのに似ている。

「時椿くんにもそういう未来が待っているだけなのだよ。なかなかにひどい世界だろう？」

不敵な笑みで同調を求められる。

「ちゃんといいひとだって居ると思いますよ……」

「言っておくが、ドラマや映画のようなハッピーエンドなんて存在しないからな。あれらは一番ハッピーな瞬間でカメラを止めただけで、もしそのまま物語が続いたら、結婚して、子供が出来て、その面倒や家事分担で衝突し、うちの嫁があーだこーだ、うちの旦那があーだこーだと、ＳＮＳに垂れ流すのだ」

「どれだけＳＮＳに毒されてんだ――!!」

「天になにかあるのか？」

「だから癖です！」

「恋愛の話だったかな。もしかしたら、私はひとを愛せないのかもしれない。うん、きっとそうなのだろう。それも、生まれ持った資質だ。病でもなんでもない。そういう特殊な人間なのだ。不運なことにな。このひとのためなら私はなにを投げ打ってでも、生きたいと思えるのではないか？　と最初は期待はするのだよ。だがことごとく駄目に終わったということはそういうことだ」

　十郎丸さんは、ビールの入ったジョッキでも空けるように、残っていた炊き込みご飯を上を向いて一気に掻き込んだ。

「ふぅ……」

　ごちそうさまも言わず、食べ終えた。爪楊枝《つまようじ》で歯の掃除まで始めた。

　大きく息を吸って吐いた。テスト勉強でもこんなに頭を酷使しなかった。それぐらい、まだあたしが経験したことのない世界の話だった。友達が落ち込んだ話を夜通し聞かされた時もここまで疲れはしなかった。その手のものには囲まれていたからだ。

ただ、その姿は、祖父から聞かされていた「自殺を図ろうとする人間は食欲すらない」という言葉の正反対なので、ほっとする。きっと死にたいという一時の感情は失《う》せたはず。これで第二のミッションもクリアではないだろうか。

少し名残惜しいがそろそろ帰らなければ。お人好しとよく言われ、今回も祖父のために代役としてあの場所に座り、その責任感からここまで付き合ってはきたが、単なる面倒ごとで済まず、自分にとっても有意義な時間になったことは僥倖《ぎょうこう》だと思おう。

「お家に帰られますか？」

「それでいいのか？」

正解がわかっているのに、敢《あ》えて問いただす教師のような顔つきで訊いてくる。

「と言いますと？」

「明日またここに来るが」

「まだ死ぬ気、ということですか……？」

「無論だ。特に時椿くんの言葉の中に、思いとどまるような響くものはなにひとつなかったぞ？」

そんな辛辣な言葉を、宝石のように輝く瞳で放ってくる。

「お前の家は？　実家か？　ひとり暮らしか？」

そんな質問が飛んできた。思いとどまらせられなかったはずなのに、その相手がどうしてあたしの生活に興味があるというのだろう。

もしかしたら、実家か、ひとり暮らしか、どちらかが正解で、新たな道が開くかもしれない。

どっちであれば十郎丸さんはその興味を維持してくれるだろう?

ヒントはあった。親に対して毒を吐いていた。つまりは正解はこちらだ。

「この春からひとり暮らしです」

そしてそれは、事実でもある。

「じゃ、お前の家に行くとするか。夜に崖を登ると中途半端に怪我《けが》をして失敗しそうだからな。また明日出直そう」

ありがたい提案だ。一晩一緒に居てくれるのであれば、止められるチャンスが増える。


よく考えると、こういう時、あたしは必ず放っておけずにきた。

小さい頃から、はぶにされているひとりきりの子を見つけると、率先して話しかけてその子と友達になってきた。だからか、クラスメイトからは『お人好しのよし子』と呼ばれていた。よし子という名前でもないし、ただの揶揄《やゆ》だ。

はぶにされるには必ず理由があった。持っている筆記用具が古すぎて、貧乏な子なんだと思われたり、身だしなみに興味がなく、不潔な子だと思われたり。そういう子たちとあたしは小学校に上がった頃から、友達になってきた。

実際に貧乏だったり不潔だったりしても、それらは彼女たちの性格とはなんの関係もなかった。口数は少なかったが、ひとつのことに取り組み始めると夢中になって、時間を忘れる、そういう子たちが多かった。

そういう子たちの家に遊びに行くと、必ず歓待を受けた。とっておきのお菓子を出してくれた。その母親から、うちのような子と友達になってくれてありがとう、とはっきり言われたこともある。

中学でもそういう友達と遊んできた。

二年になった時、クラスメイトに誘われたことがある。うちのグループに来ない？　と。クラスに、スクールカーストのようなものが存在することがわかってきた時だ。その上のほうからの誘いだった。

でもあたしは丁重に断った。

今時の流行《はや》りのアイドルやシンガーやファッションの話で盛り上がらなければいけないグループでやっていける自信なんてなかったからだ。

ちょっと変わっているけど、ひとりきりで居る子と遊んでいるほうが楽しかった。

そう考えると、あたしの友達選び、というのはただの処世術だったのかもしれない。

意見が食い違って、いざこざが巻き起こって、相手を罵って、嫌いになって、そういう普通の友達づきあいから逃げていただけなのかもしれない。

しかし今回もそれと同じ状況だと言えるだろうか？

この十郎丸さんは、あたしが友達になってきたような類《たぐ》いの人間だろうか?

まったく異なる。

どちらかというと、スクールカーストのてっぺんに君臨していたのでは? と思わせるほど、存在感が圧倒的だ。

かといって、あたしが接触を拒んだ普通のクラスメイトたちとも違った。

まさに未知との遭遇だった。

四　未来と酒と神様と

あたしのアパートに向かう電車の中、つり革を手に揺られている十郎丸さんをちらりと横目で確認して、流れる景色に目を戻す。

平凡に生きてきたあたしにとっては、異世界に紛れ込んだかのようだ。隣にはすごい作家さんが居て、PassWordや音楽業界のこと、訊きたいことを訊けば答えてくれるだろう状況だからだ。

「電車のつり革というのは、すごく原始的だと思わないか?」

だが、逆に十郎丸さんから訊いてきた。

「そうですか?」

「『昔つり革というものがあってだな、それが電車の中にたくさんぶら下がっていたのだ』と話したら、どうして？　と不思議がられる日がいつか来るだろう。『それは電車が揺れるから、倒れないために昔のひとはそれに摑《つか》まっていたのよ』と答えたなら、『昔の電車って揺れたの⁉　それを何かに摑まって耐えてたの⁉　なにそれ恐《こわ》――い！』と引かれるのだ」

「まるで未来を見てきたかのように言うんですね」

「あるいは、そうかもしれない。私はどうにも、ひとが不思議に思わないことに疑問を持ちすぎる。とにかく疑う。何が真実なのだろうとばかりに疑いまくる。どうして私はつり革にここまで疑問を抱くのだろう。その可能性のひとつとして、それはありえそうだな」

「SF小説みたいに、未来からタイムトラベルしてやってきたってことですか？」

「うん。記憶を失ってな。でないと、つり革に違和感を覚えるなどおかしいだろう。そんな奴いるか？」

「居ないと思います」

「傘もそうだ」

「傘も未来にはなくなるんですか？」

「筆頭のようなものじゃないか。なぜ雨ぐらいで片腕の自由を奪わなければならないのだ。手を使わずとも、自分の周りに空気の膜を発生させ、勝手に雨を弾く、首からぶら下げる程度のコンパクトな装置が生み出されるはずだ」

「十郎丸さんはきっと、未来人ですね」

「だろう？　この世界はそういう意味でも私にはとても生きづらい」

「そこまで不便な世界ではないと思いますけど」

「想像力が足りないな、時椿くんは。麻酔もない時代にタイムスリップして、盲腸にでもなってみろ。死にたくなるぞ」

確かに、それは恐怖だ。

だが果たして、そんな例えを想像して、みんなも生きているのだろうか。ドラマでは観たことのある設定だった。でもそれは、あくまでも虚構だ。現実とは切り離して楽しむものだ。もしかして、十郎丸さんはあらゆるものに対してそんな想像を浮かべて生きているのだろうか。


改札をくぐった時、空はもう茜色《あかねいろ》に染まっていた。

赤いテント屋根のスーパーは、食料品を求める人々で賑《にぎ》わい、入り口には自転車が所狭しと並べられている。入ってすぐの果物売り場には、小さな子供たちがリンゴの試食を求めて列を作っていた。

十郎丸さんはそんなものには目もくれず、慣れた手つきでカゴを取ると、そのまま食材売り場へと突き進んでいく。

お酒のコーナーを探し当てると、ビールをカゴにどかどかと放り込み始める。

「時椿くんも飲むといい。もちろん私の奢りだ」

「未成年です！」

「そんな法律なんてどうでもいいじゃないか。脳を麻痺《まひ》させる合法な方法なんてこれぐらいしかないんだぞ？」

「言ってることが矛盾！　未成年にとっては違法ですから！」

「可哀想に。しらふで生きられるほど優しい世界ではないのにな」

ため息交じりで懲り懲りといった様子だ。

聞こえなかったふりをして、あたしはひき肉のパックを手に取り、グラム数を確認する。なんとなくBGMの流行歌を鼻歌で口ずさみながら。

「ワンプレートで手抜きですけど、夕飯、タコライスでいいですか？」

「すごいな。時椿くんは、そんなものを作れるのか」

「はい」

特技の自慢だ。自然と頬がつり上がる。

「ひとはひとつぐらい特徴的であったほうが魅力的に映る。覚えてもらいやすいしな。それは悪いことではない。自信を持って、タコライス推しでいくといい」

そう言われると、逆に今後作りづらくなるな……。

「だがな、私はビールを飲むのでつまみ的なものがいい」

「あたしは飲めないので、つまみなんて作ったことないんですけど……」

冷蔵コーナーで、円形の箱に入ったカマンベールチーズ、モッツァレラチーズ、ゴルゴンゾーラチーズを見つけ、カゴに入れる。

十郎丸さんの提案でとろけるチーズも買った。それはなかなかに楽しいひとときだった。

アパートに辿《たど》り着《つ》く。まさか出た時はひとりで、帰ってくる時はふたりになっているとは、部屋もびっくりだろう。この狭さで⁉　と。

「安心しろ。私は床で寝るからいい」

「いやいや、駄目ですよ！　死にたいぐらい体が凝ってたり、痛かったりするんでしょう⁉」

「とりあえず今夜はだ。明日にはベッドもシーツも毛布も届くようにさっき注文しておいた」

「明日ベッドが届く——⁉」

「私に床で寝続けろというのか？」

「いや、この狭い六畳間にベッドがもうひとつ届く——⁉」

衝撃のあまり、ほぼ同じことを繰り返し言ってしまう。

ベッドに、勉強するためのテーブルと椅子ぐらいしかない部屋なのだ。

「なにをそんなに驚いているんだ。テーブルと椅子をどければ入る」

「ベッドしかない部屋になる‼」

「ベッドの上は万能だぞ。寝られるし、テレビも見られるし、ご飯も食べられる」

「ご飯は無理‼」

「私もそうするし、コツは教える。まあ、サバイバル術のようなものだ。覚えておいて損はないぞ？」

「勉強は⁉」

「まだ一年生だろ？　必要ない」

「単位落としまくる——!!」

「天になにかあるのか？」

「だから癖です！」

ただでさえこの春から新生活が始まったばかりだというのに、まだなお激動していくらしい。忙しいこと、この上ない。

気づくと十郎丸さんは勝手に包丁を探し当て、狭いキッチンでフランスパンのカットに入ろうとしていた。

あたしはチーズの箱を開封するしかなかった。

そうして色んなチーズをフランスパンに載せただけの、ただのつまみたちが完成した。

「なんだろうな、この名も無きとろけるチーズの最強感は。他の名だたるチーズたちが可哀想だ」

それだけはレンジにかけて、とろけさせた。ビール缶を片手にそれを頬張っている。

「お前、よくお人好しだって言われないか？」

ズバリ言い当てられるが、そうですか？　と白を切っておく。褒め言葉には聞こえなかったからだ。

「いきなり押しかけられて、こんな厄介者を泊めるだなんて、そういう奴しかいない。今のうちはいいが、社会に出ると損をするから改めたほうがいいぞ」

それは生まれ持っての性格なので、改めようがない気がする。

洗い物をしながら、気分よく鼻歌を口ずさむ。部屋に居るのが今配信一位の作曲家だと言って誰が信じるだろう？　と考えてみる。一番仲のいい友達でも、一時間ぐらいはかかりそうだ。試しに携帯で教えてみようか、と考えたところで、調子に乗りすぎだと自戒する。

相手は自殺しようとしていたひとだ。そんな遊びのようなことに使おうとするなんて。

なんとなく気落ちして、部屋に戻る。

十郎丸さんはまだビールを飲んでいた。もう空になった缶が三本転がっている。

「そうして酔っていると、気分がいいんじゃないですか？」

「酔って気分がいいのは酔い始めた一瞬だけだ。すぐ頭が痛くなり、また生きているのが嫌になり始める。元々アルコールには強くない」

「じゃあ、そろそろやめておくべきでは？」

「もう遅いよ。代謝物が体内に溜まり始めている。やがて脳の血管をむりやり拡張し始め、頭痛が訪れる」

「だったら止めたのに、もう……」

「死ぬことを止められ、酒を呑むことまで止められたら、私にどうやって生きろと言うんだね。どのみちおかしくなって、ビルからやほーい！　と元気よく飛び降りてしまうよ。そもそも我々人間は必ず死ぬという前提があるのだぞ？　ゆえに私という人間も死ぬのだ。それは免れることの出来ない結果なのだよ」

ずっしりとした文鎮でも置かれた気分だ。

「他に……支えになるようなひとは居ないんでしょうか」

わらにもすがる思いで訊いてみる。

「矛盾するように聞こえるかもしれないが、迷惑をかけたくないのだよ。特に信頼出来るひとにはな。もしかしたら手を差し伸べてくれるかもしれない。だがその前に、そのひとの生きる邪魔をしたくないのだ。そのひとには私より大事な、家族や恋人や友達が居るはずだからだ。その手を差し伸べてもらうことは、それらと同等の価値を私に見いだしてくれ、と懇願しているようなものだ。異性であれば、人生の伴侶となってくれと告白するに等しい。そんな一方的な押し売りをするぐらいならいっそ消えて居なくなったほうがマシだ」

「そんな極端な……死んでも迷惑かかりますよ……」

「宿酔《ふつかよ》いは永遠には続かないよ」

言われた瞬間はなんのことだかわからなかったが、比喩だと気づいた。

「そんなことないです……ずっと悲しみに暮れるひとが居ると思います……」

「私の中ではもうそこからは、面倒見切れない、と割り切った後なのだよ。そのひとたちのために退屈で苦しい人生を生きるのはやめようと決めたんだ。そもそも私には友達と呼べるような存在は居ない。配信一位を喜び合う相手さえ居ないんだぞ。なんて孤独さだ。文句は最初に言ったように私を産み落とした親に言って欲しい。根源はそこにある。あるいは、万物を創世した神にかだ」

「恨むなら産んでくれた親御さんより、神様にして欲しいものです」

「こんな救いのない世界に果たして居るのかな。創世だけして消え去ったんじゃないか。うむ、神はきっと死んだのだ」

十郎丸さんはまた一缶飲み干すと、新たな缶に手をかける。

「飲み過ぎです」

言うことを聞くわけがないのはわかっていた。ただ、立場として言っておかなければと思っただけだ。自殺を止める側の立場としてもだし、部屋主の立場としてもだ。

五　理不尽な出来事

春のまったただ中なのに、なんとなく湿気を感じる夜だった。長く雨も降っていないから、そろそろ降る頃なのかもしれない。

十郎丸さんは焦点が定まらないようなまどろんだ表情で、ビール缶のお尻をゆらゆらと揺らしていた。

「私だって誰かを愛してみたかったよ。このひとのためならすべてを投げうてるというような恋に落ちてみたかった。そうなれば無敵だろうからな。いわば宗教のようなものだ。だが相手は教祖のようなまがい物じゃないぞ。本物の神だ。信じられるものが絶対的なほどひとは強くなれる。そういう意味で、盲目な恋は最強なのだよ」

「まだまだこれからじゃないですか。十郎丸さんの言葉を借りるなら、古今東西の男性と出会ってみたんですか？」

「私はこの三年間で複数のマッチングアプリを駆使して、百人以上の男性と会ってみた」

「百人⁉」

「そうだ。百人目以降から数えるのをやめた。でも二百人はいってなかったと思う。古今東西とは言わないが、ありとあらゆる職種や年齢や性格の男と会ってみたつもりだ。少ないか？」

「いえ、充分かと……」

どんな行動力だろう。やはり自分なんかの尺度では測りきれないひとだ。

高校を卒業してからも連絡を取り合っている男友達はふたりぐらいしか居なかったし、これから先、自分の人生で仲良くなる男性の数なんて十人にも達しないだろうし、三桁なんて十回ぐらい人生を繰り返さないと無理だと思う。

「もちろん全員とは付き合っていないよ。そもそも、あまりに人生が退屈で死にたかった時、頼っていたカウンセラーがとにかく休みの日に予定を入れまくれ、と言ったことに端を発する。私は土日になるたびに新しい誰かと会うような生活をそこから始めてみたのだよ。付き合ったのはその中でもほんの一握りだ。そいつらが、どんな奴らだったか教えたはずだ。私の生きる邪魔をしてくる奴らだ。そして、付き合うまでに至らなかったその他の人間は、面白くなかった。世に溢れている映画やドラマやクイズ番組といった娯楽と一緒だ」

「十郎丸さんにとって、つまらないひとたちだった、と……」

「そうだ。だがそっちのほうが正常なのはわかっているぞ。映画やドラマやクイズ番組はそういうひとたちには面白く作られているのだろう。だから私が普通に結婚して子供を作ったとしても、普通のひとのように幸せになれるわけがないのだ。そしてそれは簡単に試してみていいことではない。カブトムシを飼ってみるのとは違うのだ。飼ってみたら可愛くなかった。山に返そう、とは出来ないのだ。親としての責任が発生し続ける。容易に逃げられない人生となる。死ぬまでな。それこそ地獄だ。なら次の世界に期待してみたほうがいいと思ったのだよ。ようは時椿くんが考え得ることはすべて私の中で結論付いている」

「そうですか……」

がくんと項垂《うなだ》れると同時に、笑いがこみ上げてきて肩が震えてしまう。そこまで悟っている相手に何を言えばいい。

血の巡りが悪くなったように、指先が冷たく感じて、それを縮こめてしまう。

そもそも自分は、死を決意したひとを諭せるほど立派で価値のある人間ではない。だったら祖父の仕事を安易に思っていたことになる。そこからして駄目だったんじゃないのか。

なら今ここに居るあたしは、十郎丸さんに何が出来るというのだろう。

「ただ、時椿くん。その名前だけは面白い。だから、もう少し生きてみようと気まぐれを起こしただけだ。そう暗い顔をするな」

あたしの名前が、佐藤とか、中村だったら、十郎丸さんは死んでいたことになる。

「私が死ぬのはお前のせいではない。それはすでに出会う前に決定していたのだ」

だとしたら、この時間はなんなのだろう。ただ一日延長させたに過ぎなくなる。それでいいのか？　いいはずがない。

一晩眠れば、その考えも変わっているかもしれない。今日が一番精神的に落ち込んでいるだけかもしれない。あたしにどれだけ力がなくとも、時間が解決してくれる。

今はそれだけを期待する。


シャワーを浴び終えた十郎丸さんは、あたしのTシャツとルームパンツを着て出てきた。化粧を落としたはずなのに、その美しさは微塵《みじん》も揺るがない。スタイルが良くて、肌も綺麗で、見惚れるほど艶《あで》やかだ。

ただ、両腕の手首を除いては。そこには痛々しい痣《あざ》と擦り傷があった。見てはいけないのかもしれないけど、目を離せないでいる。

「ああ、これか。しばらく拘束されていたもんでね」

のんきにあくびでもするかのように答える。

「え、どこに……⁉」

「精神科病院に」

「どうしてそんな傷が⁉」

「抜けだそうと暴れていたからな」

どんなことがあったのか。訊きたいが、訊くのも恐い。

大通りに面したアパートだったから車の走る音もよく聞こえるのだが、それすらも収まっている深い夜だった。

冷蔵庫から新しいビールを取り出し、それをぷしゅと音を立てて開けると、十郎丸さんは一方的に話し始めた。

「その時、理不尽なことが巻き起こり続けたのだよ。若手シンガーのプロデュースのようなこともやっていてね。地下アイドルのイベントを観ては、いい人材を探していた。ライブパフォーマンスが素晴らしい子がひとり見つかり、私の曲を歌わせて、定期的にネット上でライブ配信する試みを始めた。どんどん人気が出ていったよ。たった三ヵ月で二千人キャパを埋めるライブが出来るようになった。そんな素人《しろうと》を放っておくはずがない。次々とレコード会社から声がかかったよ。私とその子は信頼しあっていた。私も連れて行ってもらえると思っていた。けど、その子が契約した会社は新しいプロデューサーを用意した。強力な作家陣に囲まれて、その子はメジャーデビューを果たした。私の手の届かないところへ連れていかれたのだよ。それが鮎喰《あくい》エルムだ」

「鮎喰エルム⁉」

は？　は？　と詰め寄る。

名前を見ない日はないというぐらい、今一番旬と言ってもいい女性シンガーだ。

「知っていたか」

「知ってますよ……」

　PassWordに続いて、飛び出してくる名前がいちいちビッグネームで、十郎丸さんに対して、畏怖の念を抱き始めている。

「しかも私が考えたエルム街の悪夢をもじったアーティストネームさえそのままだ。これは彼女の好意かもしれないがな」

「え、それからは会ってないんですか？」

「当時はレンタルビデオ店でアルバイトをしていたが、今やライブにテレビ出演にと忙しい日々だろう。私の相手をしている暇なんてない」

　ぐびっとビールを飲んで、盛大にげっぷをした。げっぷする人間の標本として飾っておきたいぐらいだった。

「これは誰が悪いという話でもない。ただこの世は理不尽だ、という話だ。他にも私が楽曲プロデュースするアイドルグループのデビューが決まっていたことがあった。十曲以上のレコーディングが済んでいたというのに、デビューはレコード会社の都合で一年延期し、二年目も延期し、三年目に突入したところで無期延期となった。メンバーたちは違うアイドルグループへの加入や、私以外の作家で個人デビューし始めた。もうあれらの楽曲は世に出ることはないだろうな。少なくとも一年以上、私はそのプロジェクトに掛かりきりだったのに、一銭も発生せずただの徒労に終わったよ。最初産業スパイかと疑ったよ。例えば私の才能を妬んだ者がいて、しばらく私の才能を封じ込めろ、と言われて、そのような仕事を発注し、じわじわ延期し続けて、結局世には出さずに台無しにしろと、十郎丸封じを誰かが企てたのかと思った。もちろんそんなことがあるはずがない。私ごときの才能を恐れている奴なんて存在しない。完全なる被害妄想だ。そんな悪人は居ないし、きっと誰も悪くない。でも、なんなんだろうな、このやり場のない感情は。私ひとりがすべてのしわ寄せを請け負っているようではないか。その頃、そういうことがたくさん巻き起こった。だから、自暴自棄になってレコード会社に殴り込みに行った」

「それで、入院……訴訟とか出来ないものなんでしょうか」

「裁判にどれだけお金が要ると思っているんだ」

想像も付かないけど、途方もないほど必要な口ぶりだ。

唾を飲み込むことすら忘れていた。口の端から垂れてきそうになったところで、慌てて手で拭う。

「うん。心療内科に通院もしていたから、頭がおかしくなったと思われたのだろう。ベッドに拘束され、抗うつ剤を点滴され続けたよ。だが、私の頭はおかしくないから、そんなものは効きはしない。恐ろしく苦痛な時間が流れたよ。病室というのは、新しいことはまったく起こらない極めつけのような場所だからな。最初のうちは反抗的に暴れていたが、やがて諦めたよ。正常になった振りをしていないと、そこから出られないと悟ったからだ。しばらく静かにしていたよ。頭の中は理不尽に対して怒り狂っていたがな。結局三週間以上居たな。何も起こらない世界で約一ヵ月だ。外に出られた瞬間は解放感で嬉《うれ》しかったよ。けど、待っている現実はなかなかに辛辣だった。仕事が減った。誰も私のような人間には関わりたくないからだ。結局のところ、理不尽なことがどれだけ巻き起こっても自暴自棄になってはいけない。自分が損するだけだ。そういうふうに世の中は出来ている。ぎゃーぎゃー泣き叫んでなんとかなるのは子供のうちだけだ。社会人になってからは通用しない。退院してからは、冷静に淡々と毎日を過ごすことを心がけてきたよ。日めくりカレンダーをめくるようにな。それがどういうことかはもうわかるな?」

「……退屈、ですか」

慎重に答える。

「その通り」

小指で耳を掻き始める。

「幸せだなと思う瞬間はないんですか?」

「ある。自分の曲が褒められている瞬間」

耳から抜いた小指をじっと見ている。

「あるんじゃないですか」

あたしは一瞬ほっとする。

「でもそれは結局のところ、比率の問題なのだよ」

またも否定が待っていた。彼女の心を掘り下げるほど、それは連なり、あたしの中に深い影を落とす。それとは正反対に十郎丸さんの目は清く澄み切っている。まるで陽《ひ》を浴びた淡いビー玉のように。

「生きていて快いと思う時間と、不快であると思う時間、そのふたつがあるとする」

両手の人差し指を立て、それを左右に引き離していく。目では追えないほど遠くに。

「褒められたり、ちやほやされたりして、快いと思う時間が1％、残り99％を不快だと感じたら人生は生きづらいものとなる」

今度は片方の人差し指と親指の距離を縮め、もう片方は目一杯開いた。

「私の曲が褒められている時間と、苦痛な時間の比率はそんなものなのだよ」

反論の言葉を探す。

「その中間はないんですか。快くも、不快でもない普通の時間」

「ない」

無下《むげ》に、残酷に告げられる。

「仕事をしていても、それが終わって部屋でぼーっとしていても、空腹を感じて食事に出かけても、それでお腹が膨れても、私は常に不快で、いつだって死にたいよ」

突然夜の人混みの中で後ろから刃物で刺された気分になる。もちろん、そんな経験はないが、それぐらい気配も感じず、致命傷を負いかねない、そんな通り魔のような鋭さで抉《えぐ》ってくる言葉だった。

「やめてください。死なないでください。あたしの苗字は永遠に面白いはずですよ？」

にじり寄って、すがりつくように訴える。

「永遠には面白くない。と、き、つ、ば、き。一文字一日にしても五日で飽きるな」

五日間の猶予を与えられた、ということだろうか。

それは礼を言うべきなのか、短すぎると文句をつけるべきなのか、わからなかった。

絶望と希望が混じり合って、どちらの感情も取り出せずにいる。

しばらく混乱した後、礼に行き着いた。

すぐ目の前で死のうとしていたひとが五日も生きることを延長してくれたことには感謝の気持ちしかない。

それはどんな新鮮な日々になるだろうか。自死を止めたい、という焦燥感と、特別なひとと過ごせる、という贅沢さを混ぜこぜにした時間。今日までの日々を漫然と生きてきたあたしにとって、こんな貴重で大事にすべき時間がやってくるなんて初めてのことだった。

第二章　生きるを試す

一　デスコア

起きて、眼鏡をかけると、唖然《あぜん》とする光景が飛び込んできた。

部屋は衣服が放り出され、まるで家捜しにでもあった後の様相だ。

そこに十郎丸さんの姿はなかった。

彼女が寝ていた場所には、一枚の紙切れが落ちていた。

拾い上げて、そこに並んだたった三つの文字を読んで愕然《がくぜん》とする。

『ごめん』

そんな……。

助けられなかった……。

一晩眠ったところで、考えは変わったりしなかったんだ……。

五日間の猶予すら踏み倒され……。

裏切られたことにふつふつと怒りも湧いてくる。

でも、今なら間に合うかもしれない。どんな反応をされるかわからないが追おう。

急いで靴を履き、ドアを開け放つと、十郎丸さんが手を差しのばすように立っていた。涼しげな表情で。

「開けてくれたのか。ありがとう」

そう言って、部屋に入ってくる。

「え？　あれ？」

目の前で起きていることに思考がついていかない。

風を吹かせる勢いで何度もまばたきをした。

「あの……どこに行っていたんでしょうか？」

「朝飯を買いにだが、コンビニ近くに全然ないんだな。いや、疲れた。お前のぶんもある」

いや、もう、食欲すらないです。


急いで顔を洗って、歯を磨いて、最低限のメイクを済ませて、着替える。その日使う教科書やノートを鞄《かばん》に詰め込む。

出かける前に、電話番号の交換だけはしっかりしておく。

「なにかあったら連絡ください」

「ああ」

色々心配だけど、あたしはあたしの人生の心配もしなくてはならない。

こんな春先から講義を休んでいては、駄目人間になってしまうし、学費を払ってくれている親に申し訳ない。

いってきます、と告げて、アパートを後にした。

大学までは徒歩で十五分ほどだ。

焼きたてのメロンパンの甘い香りが鼻腔《びこう》をくすぐる商店街を抜けると、歴史を感じさせる赤褐色の建造物群が見えてくる。

同じように講義へ向かう学生に混じり、文系の学部が集められた一際古い建物に入り、大講堂と呼ばれる一番広い教室へ向かう。

教壇を中心に半円状に広がる教室は少しかび臭い。あたしはまだ人がまばらな教室内を突っ切り、最前席に座る。

もちろん、ちゃんと講義を受けるためだ。後ろのほうは、携帯を弄《いじ》り続けたり、お喋《しゃべ》りをしたり、不真面目な学生が多く気が散るのだ。

すぐ隣からずれろとばかりに強引に迫ってくる学生が居た。知り合いかと思って見たら、学生ではなかった。

「こんな場所では話しづらいじゃないか」

「えー!?」

十郎丸さんだった。

「他に行く場所もないからついてきた」

「あたしは勉強しにきたんですけど……」

「私は暇を潰しにきたのだ。一緒に授業を受けろとでもいうのか。私は勉強というものが大嫌いなのだよ。そんなものを受けるぐらいだったら死んだほうがマシだ」

昨日死のうとしていたひとの言う「死んだほうがマシ」は比喩には聞こえなくて、真《しん》に迫っていて恐ろしい。

深くため息をつく。

じゃあ、後ろの席に回るしかない。

筆記用具を鞄に詰め直し、移動をする。

その途中、何人かの知り合いがあたしの顔を見て声をかけてくれたが、愛想笑いだけを返しておいた。

教室の最後尾に座り直す。

「お前、陰キャのように見えて、案外友達が居るんだな。もしかして陽キャなのか？　とてもそうは見えないんだが」

「大丈夫です、友達とは呼べないただの顔見知りですから」

なにが大丈夫なのか、自分でもよくわかってない。

十郎丸さんは背もたれに体重を預け、増えていく受講者を見渡す。

「私は大学には行っていないが、四年間も何をするのだ？」

「勉強に決まっているじゃないですか」

「そんなに勉強が好きなのか」

「好きではないですけど、将来のためです」

「学部は？」

答えたくなかった。すでに否定されているからだ。

「なにを学んでいる」

鞄の中身を探り始めようとしたから、答えるしかなかった。

「心理学部です」

「悪いことは言わない。今からでも変えろ」

表情はいつも通りだったが、声色が恐くなっていた。

「だから言いたくなかったんです」

「精神医療は私を助けてくれなかった」

「精神医療も日進月歩、未来は変わるはずです」

「なら、未来の世界に生まれるとするか」

ふらっと立ち上がる。

その手を摑む。

なんて無責任なことを言ってしまったのだろう。何を見てきた風に語っているのだろう。

あたしの言葉はことごとく駄目だ。もっと選ばなくては。

「お前のぶんも飲み物を買ってきてやるだけだ。お前は離れられないだろう？」

「大丈夫です。ついていきます」

「そうか。実はありがたい。初めてで迷いそうだったからな」

教授と入れ替わりに、あたしたちは教室を出た。

「高校なんてすべてが廊下で繋《つな》がっていたものだが大学は色んなところに教室が点在しているのだな。こんなにも広いものだとは知りもしなかった」

十郎丸さんは自販機を探そうとしたので、とりあえずあたしは学食に案内した。

古びた建物から一度外に出て、真新しい全面ガラス張りのオシャレな建物に入る。

広い空間には白い長テーブルとカラフルな椅子が並べられ、奥には定食やラーメンの注文口だけでなく、カフェやベーカリーコーナーもある。

お昼時には学年も学部も様々な何百人もの学生で賑わうが、この時間は空いていた。

十郎丸さんはあたしにアイスコーヒーを奢ってくれた。

グラスだったので、持って教室に戻ることは出来なかった。

「授業をサボらせてしまったな。それについては謝りたい。申し訳ない」

そう言って下を向く。まるで叱られた子供のように素直で意外だ。

「知り合いにノートを借りれば、問題ないですから」

十郎丸さんは取り巻く周囲の色を淀《よど》ませるぐらい俯《うつむ》いたままでいる。まるで具合でも悪くなったように。そんな姿は初めて見た。むしろ死のうとしているひとであればそのほうが自然だったが、十郎丸さんはずっと毅然《きぜん》としていたからある意味不自然で、どのような感情に囚《とら》われているのか不安に思いだす。

「大丈夫ですか？」

死のうとしていたひとが大丈夫なわけないが、その感情の正体を確認すべく愚問を投げかけてみた。

「これでも私は今やっていることに結構自分自身傷ついているのだよ」

そんな一面も持っているのかとはっとさせられる。なるほど、振り回していることを自戒してこうなっているのか。

「ほんとに気にしなくていいですから」

そう伝えると、ようやく顔を上げてくれる。だが、申し訳なさげだ。

「人間は気を遣う側と、気を遣われる側のふたつに分かれる。前者は、ストレスを溜め込んで病んでいく。後者はその場でキレて発散するからメンタルは常に健康。私はその場でキレて、壁に蹴りを入れて骨折した人間を目の当たりにしたことがある。翌日には松葉杖《まつばづえ》をついて笑っていたよ。クレイジーだが、それはそれで発散なのだろうな。一応私は前者なのだよ」

それは自殺を図ろうとしていたぐらいなのだから、そうなのだろう。

「せめて、お前には後者であってもらいたい」

「いや、間違いなく前者です」

「だとしたら、この組み合わせは最悪だぞ？　不思議なことにメンヘラはメンヘラを呼ぶ。そして、メンヘラとメンヘラは混ぜるな危険だ」

「どうなるんですか……？」

「破滅に向かう」

Ｏｈ……とアメリカ人のような声があたしの口から漏れてしまう。

「アーユーメンヘラ？」

「アイムノットメンヘラ」

多分。恐らく。

「であれば、その場でキレろ。溜め込んでいたら私のように行き詰まる」

「安心してください。キレやすいです」

そう言うしかなかった。

「授業をサボらされているこの状況にキレていないじゃないか」

「あ――も――!!　学びたかった――!!　学徒なのに――!!　学びの門を叩き、学びの道に進んだのに――!!」

テーブルを手でばんばん叩いて、無理矢理キレてみせる。

「使い慣れない言葉を選びすぎて、すごく不自然になっているぞ。無理するな」

失笑混じりに言われる。

付け焼き刃ではどうにもならなかった。

「PassWord の Shining Wizard の他にも有名な曲あるんですか？」

あたしは話題を変えてみた。

「そうだな」

知っているアイドルグループの名前ばかりがあがってくる。もうこの驚きにも慣れてきた。

「でも、シングルや、アルバムの表題曲にならないことには、なかなか作家としての価値はあがらない。親戚の友達が有名人です、と言っているようなものだ」

「確かに。それは自慢にもなりませんね」

「そもそも私はキャッチーなメロディを生み出すのが苦手だ」

「それだけの実績があって？」

「普段趣味で聴く音楽はデスコアだからな」

生まれて初めて聞く言葉だ。

「それはキャッチーな感じではないんですか？」

「主旋律がない」

「インストルメンタル？」

「ボーカルは居るぞ。ただ叫び倒すのみだ。聴くと私の代わりに世の理不尽にブチ切れてくれているようでスカッとする」

「そんな音楽があるんですね」

「いいぞ、デスコアは。最強だ」

そう言ってぐっと拳を握る。こんな力が入った姿を初めて見る。そんな興奮するような音楽なのだろうか。

「そもそもデスコアとはどういう意味なんでしょうか？」

「デスメタルとメタルコアが合体したものだ。だからデスコアだ」

「え？　そのふたつがどんなのだかは知りませんが、両方にメタルという要素があるはずなのに、合体したらメタルというワードが消えてなくなるっておかしくないですか？」

「あれ？　ほんとだ」

「むしろよりメタルの要素が濃くなり、ダブルメタル、となるべきでは？」

「お前、すごいな……」

心底衝撃を受けたかのように目を見開かれる。

「その通りだ。デスコア界が震撼《しんかん》する」

「そんな突き止めてはいけない事実だったなんて……」

「そうだな……この事実は誰にも知らせずにいよう。あまりに酷だ。だが、私だけは心の中で、ダブルメタルと呼ばせてもらおう」

小さな子供が楽しい悪巧みでも思いついたかのように、くっくと笑う。

「まさか、こんな大事なことをお前に気づかせてもらうとはな。やるじゃないか」

「十郎丸さん……」

ふと視線が合ってしまい、照れて逸《そ》らしてしまう。

「って、なにこれ――!!」

「また突然大声をあげてどうした」

「いや、あたしが深いこと言ったみたいになってる割に、驚くほど中身がないなと。そもそもメタルがなんなのかも知らないひとの言葉ですよ？」

「それでそんな核心を突いてくるところがすごいなと感心しているのだよ」

なんだ、このコントのようなやりとりは。

「でも、十郎丸さんにも好きなものがあってちょっと安心しました」

そう心底思う。あたしにはそこまで好きなものなんてないから羨ましいぐらいだ。それはきっとこれから見つけていくものなのだろうけど。

好きな音楽について語る十郎丸さんは、生き生きとしていて安心した。落ち込んでいた時からそんなに間もないのに、周囲の色もくっきり鮮やかに見えるほどだ。愛着あるものを自慢する姿は童心に返ったようにも映った。子供っぽいところもあるんだという新しい発見が嬉しい。

ふと素晴らしいアイデアを思いつく。

「だったらカラオケに行きませんか？」

「……なぜ」

一瞬にして冷ややかな表情となる。あまり乗り気ではないようだ。音楽が好きなのにどうしてだろう。

「講義をサボっていくところの定番だと思って」

これまで話すことが一番多かったのは、もちろん両親だ。過保護といってもいいほど、甘く育てられた。だから、自分も親孝行という意味でも正しく生きなければと思ってきた。なのに、こんな自由奔放なひとに生活を狂わされていることには戸惑いを覚える。少し悪いことを教えられた気分だ。例えば、アルコールによる高揚感とか、ニコチンを肺に入れる快楽とか、そういった類いの。

でも、講義をサボることは、未成年でも許されることに思えたから、そう提案した。

二　罰ゲーム or ビッグチャンス

「すごい！　本当に十郎丸さんだ！」

PassWord の Shining Wizard を予約し、十郎丸さんのクレジットを確認して、文字通り飛び上がる。

「どちらかというと、私が十郎丸であることを偽っている可能性を疑うべきだぞ」

「偽ってるんですか？」

「いや、本人だが」

「ですよね」

「始まるぞ」

イントロが終わり、Aメロに入る寸前だ。

「え、あたしが歌うんですか⁉」

「お前が予約したろ。そんな寸前の行動すら忘れたのか？」

「いや、それは名前を確認したいだけであって……」

「いいから、歌え」

なんだ、この作曲者本人の目の前で歌わされるという罰ゲームなのか、ビッグチャンスなのか、よくわからない状況は。そう思ったが、特に歌手になりたいわけではないので、罰ゲームでしかない。

嫌な汗をかきながらも、とにかく音を外さないよう丁寧に歌った。

「ふぅ……」

まるで十曲ぶんぐらいを歌い終えたような疲労度だ。

少しはまともに歌えただろうか。十郎丸さんは腕を組んで黙ったままでいる。カラオケの感想を告げられるだけなのに、こんなにどきどきすることなんてない。

その口が開く。

「人間はふたつに分かれる。歌うべきやつと、歌うべきではないやつだ」

「絶対に後者――！」

「当然だろう。歌うべきやつはプロかプロレベルなのだぞ？」

友達やその連れには毎度高評価だったので、なかなかに落ち込む。

「十郎丸さんの好きなダブルメタルは入ってないんですか？」

「あるわけないだろう。主旋律がないんだぞ。誰が歌うんだ」

「主旋律がある好きなバンドとかアーティストは居ないんですか？」

「居ない」

きっぱり断言されるが、またもあたしは思いつく。

「でも自分の曲なら歌えますよね！」

喜び勇んで、十郎丸さんの曲を予約する。

「待て。私に歌えと？」

「もちろんです。代わりばんこに歌わないと、ふたりで来た意味がありません」

その楽しさをどうしても感じて欲しい。

「意味なんてなくていい。私は暇だっただけだ」

仏頂面で言われる。

「だったらちょうどいいじゃないですか。歌っていれば退屈はしませんよ？」

普段こんなことはしないのだが、十郎丸さんの手にマイクを強引に押しつけ、握らせる。

意外と抵抗なく、自分の力で持ってくれた。

「そこまで言うのならいいだろう。心して聴くがいい」

マイクを手に歌い出す十郎丸さんは堂々としていて、歌手のように格好よかった。

しかし肝心の歌は、いまいちだった。音程がふらふらして、定まらない。あたしのほうが上手いとさえ思えた。

歌い終えた十郎丸さんはマイクを置いて、黙ってあたしの感想を待っている。今思った感想を伝えるわけにはいかない。かといって何も言わず曲を予約するのも気まずい。何かを言わなければ……。

「なんというか……独特ですね」

なんとか感想を振り絞るが、その声は震え気味になる。

「…………」

十郎丸さんはすっと目を細め、無言のままリモコンで曲を探し始める。続けざまに歌う気だろうか。

流れ始めたのは、ヘヴィーとしか言いようのないギターの音だった。十郎丸さんはつまみでボリュームを目一杯上げた。音割れを起こし、耳をつんざく轟音《ごうおん》の塊と化す。

十郎丸さんはソファーという名のステージの上に立ち、マイクを両手で包み込み、何事かを大声で叫び始めた。

それは果たして歌なのだろうか？　工事現場でドリルの音に負けないよう、拡声器で通行人に警告を発しているようにも聞こえる。

なにもかも馬鹿でかくてよくわからないが、リズムにはちゃんと乗り、何かを訴えようとしている気迫は感じる。

怒り猛《たけ》った獅子舞《ししまい》のように頭を激しく振り、髪を乱し、咆吼《ほうこう》を続けた。

そのパフォーマンスをぽかんと口を開け、見ているしかなかった。

曲が終わる。ざまーみろだ！　という言葉だけ聴き取れた。

それを最後に、テンションのスイッチをオフにでもしたかのように座り、マイクをテーブルにそっと置いた。

「なんですか、今の……」

「私なりのデスコア……いや、ダブルメタルだ」

「カラオケにあったんですか……」

「ない。デスメタルのオケにデスボイスを乗せてみた即興だ。ブレイクダウンがなくて物足りなかっただろうがな」

理解は出来ないが、きっとそれはすごい才能なのだろう。

精一杯の拍手を送った。

「ちなみになんて歌っていたんですか？　ざまーみろだけ聴き取れましたけど」

「聴き取りやすく言い直してやろうか？」

「お願いします」

つんと顎を上げる。

「『独特』は褒め言葉ではない！　食レポで、好き嫌いが分かれる味ですね、というのと同じだ！　ようは、不味《まず》いということだ！　いいか、曲が作れても、歌が上手いとは限らない！　むしろ、上手いんだろうなとハードルが上がる！　なんせ音楽で食っているのだからな！　だが、私は自分の声のピッチを意図して操ることがままならない！　それをなんと言うか知っているか⁉　音痴というのだ！　音痴の痴という字には愚か、未熟、劣っているという意味がある！　音楽で食っているのに、音に対して愚かで未熟で劣っているのだ！　だが私の書いた

PassWordの新曲は配信一位だ、ざまーみろだ！　と歌ったのだ」

あたしの感想に対する恨《うら》み辛《つら》みだった！

すみませんでした、と頭を下げるしかない。

「後は、全部ひとりで歌え」

作曲のプロを前に地獄が待っていた。

ひたすら予約し、歌い続ける。そんなにレパートリーがあるわけではないので、うろ覚えな曲まで歌う羽目になり、厳しい戦いを強いられる。

もはや知っているJ－POPは尽き、童謡を歌うことしかなくなった切羽詰まった状況で、

「おっともうこんな時間か」

携帯の画面を見て、十郎丸さんは立ち上がった。まるで普通の日常を送っているひとのようにごく自然に、涼しげに。

「私はそろそろ戻らないといけない」

「用があるんですか？」

死のうとしていたのに。

「ベッドが届く」

そうでした。

三　ベッドでピザを

あたしの狭い部屋にベッドが運び込まれ、ベッドを置くためだけのスペースと化した。部屋のほうもびっくりだろう。

早速十郎丸さんは横になり、ごろごろと転がる。

「うむ、いいな」

高反発か低反発か知らないけど、高級なマットレスなのだろう。至極ご満悦の様子だ。

時間を見ると、十八時を回っていた。二日目も夜となってしまった。こんな調子でいいのだろうか。

仲は確実に深まっているだろう。でも、それは結局のところ、自分がお人好し過ぎて、大切な時間を無駄にしている可能性だってある。

講義を受けることと、このひとに付き合い続けること、どちらが一般的に正しいのか、誰かに答えを出して欲しいぐらいだ。そんなこと、中学生の頃一番のんきに受けていた授業、道徳でも習わなかった。

「夕飯はどうしましょう」

「宅配ピザを取ろう。好きなピザは？」

体を起こし、あぐらをかいて、訊いてくる。

「これといってはないですが」

であれば話が早いとばかりに、口の端を持ち上げる。

「私はクアトロフォルマッジが好きなんだが、それでいいか？」

「なんですか、それ」

「見た目は具のないチーズだけのピザなんだけどな、ハチミツをかけて食べると、スイーツか⁉　と思わせてくる衝撃のシロモノだ」

具がなくチーズだけ？　そこにハチミツ？　そのピザがスイーツに？　なんだそれは。具体的な絵は浮かばないが、並ぶ単語ひとつひとつが強すぎて、唾液が溢れてくる。是非食べてみたい。

自分の財布では食べられそうにないだけに。

「それで……お願いします」

興奮を抑えて慎重に伝える。

「宅配ピザにはないか。なら無難にテリヤキチキンでいいな」

想像だけさせておいて殺生な！　いつか食べたい！

あたしも、自分のベッドに座る。壁側だったので、もたれられることだけが幸いだ。

十郎丸さんとご飯を一緒に食べるのもこれで三回目か。なんだか慣れてきている自分が居る。海をバックに崖の上に立っていた昨日の姿を思いださないと、彼女が自殺する寸前だったことすら忘れてしまいそうだ。

テレビをつけて、ニュース番組を流す。もしかしたら、自分の生活を脅かすような大事件が起きているかもしれない。いや、すでに起きていると、十郎丸さんを見る。

その十郎丸さんはというと部屋に転がっていた心理学の本を勝手に手に取り、興味なさげにぱらぱらとめくっていた。

「心理カウンセラーになる気か？」

「一年生なのでこれといった明確な目標は決めていません」

「時間をかけて考えるがいい。いつの間にか四年経ってました、とならないようにな。何かを成そうと息巻いても、なんとなくテンションが上がらず、ずるずると惰性で生きていく奴がほとんどだ。そんな奴にもやがて恋人が出来て、結婚をし、子供が産まれ、その家庭を守ることこそが自分の人生なんだと生きるモチベーションが移ろってゆく」

「それは悪いことではないですよね？」

「そのなんとなく惰性で生きている人生が不毛であることに気づいていなければな。いつしか、はっ！　と気づくかもしれないぞ」

「気づいたら、どうなるんですか……？」

「世も末だ……と言い続けるだけの世も末人《すえじん》に成り果てるだろうな」

恐ろしい。こんな話を聞いてしまっているあたし自身もなりそうで恐い。

生きている限りは何かを目指して、達成しようとあり続けたいものだ。しかし、どんな挫折も味わったことがないので、それはただの思い上がりかもしれない。

「とはいえ、人間は惰性であれ不毛であれ、種さえ残せばすべてが許されるのかもな。むしろ、そう思わない私の遺伝子が異常なのだろう。プロポーズだって三回されて、すべて断っている」

「三回も⁉」

そもそも歳がわからないのでそれが多いのか少ないのか判断つかないが、控えめに言っても多いほうだと信じ、そちらに賭けて驚いてみた。

「どういう覚悟で言ってきているのか謎だったな……」

賭けに勝ったのか負けたのかわからない返答だ。カタルシスを味わわせてもらいたかったのに。

「果たして彼らは、本気で私と一生を共に生きるという覚悟があったのかな」

「あったから言っているはずですよ！」

それに関しては、そう断言出来る。体勢を変え、十郎丸さんににじり寄った。

「まず情報量が圧倒的に足らないじゃないか。私という人間がどんな人間かを知らなかったはずだ」

「お付き合いは長い相手でどれぐらいだったんですか？」

「三年」

「それだったら相当知っていると思いますけど」

このあたしですらこの二日で森林を伐採するブルドーザーのごとく十郎丸さんを知ることに

対して突き進んで行っている。半年もあれば丸裸に出来るのではないか？　と思うほどだ。

だが、十郎丸さんは、そうかなと首を捻《ひね》った。

「同棲《どうせい》すらしていなかった。もし私が満月の夜に狼《おおかみ》男《おとこ》に変貌を遂げるのだとしても知る由もなかっただろう。なのに、相手はこれから先私が病に倒れようとも、食わしてゆく覚悟があると言う」

「ほら、あったんじゃないですか！」

幸せにしてくれるひととはすでに出会っていたのだと言いたくて、ここぞとばかりに語気を荒らげ踏み込む。

「どうだろうな」

だが十郎丸さんはのらりくらりと躱《かわ》す。

「私から言わせれば想像力が足りていないように見えたな。回復の見込めない病に倒れた相手を一生介護していく、その壮絶な画が彼に果たして浮かんでいただろうか」

「どうなんでしょうね……」

それに関してはそうだ！　とは言い切れず、いつもの主張の弱いあたしに戻る。

「そもそも誰かを愛するとは何をよりどころにしているか、それすら私にはわからない。容姿か、性格か、才能か。それらはあまりに頼りないぞ。時と共に移ろい、変化していく。誰しも経年劣化は避けられない」

「性格に関していえば、そんなに変わらないと思いますけど……」

「本人にとってはそうだろう。だが、相手からすると、子供が産まれたり生活に変化が生じると、秘められていた面を見せつけられ、変わったように映るのだ。それも往々にして悪いほうにな。でなければ、こんなにもSNSで論争が日々勃発していないはずだ」

「そういうことも、まあ、あるかもしれませんねぇ……」

言葉を濁すしかない。あたしに「それは、こういうからくりなのです！」と真実を暴けるほどの人生経験があるはずもない。どれだけSNSを目の敵にしているんだ、という感想しか湧いてこない。

「求婚をするのであれば、相手が成り果てる最悪の姿まで想像するべきだ。魅力的な相手とくっつきたい、遺伝子を残したい、その衝動は人生においてあまりに刹那的だ。ほとんどの時間はそれ以外が占める。結婚相手は、慎重に選ぶことだな」

最後はあたしへの忠告で締められた。

「はあ……肝に銘じておきます」

インターホンの音が鳴る。ピザが届いたのだ。

十郎丸さんが玄関先に出て、支払いと受け取りをしてくれる。

さて、ベッドしかない部屋でどうやって食べるのだろう。

そう考えていると、十郎丸さんはちょうどふたつのベッドの中間に箱を置いて開封し、あぐらをかいて食べ始めた。

あたしはその姿をぽかんと見つめているしかなかった。

「食わないのか?」

「あたしも、そのような姿勢で食べろと?」

「すぐ慣れる。ベトナム人もそうする」

「いや、日本発祥のテリヤキ味のイタリア発祥のピザを食べるのに、それ以外の国を例に出されても」

「確かに。ゴザも注文しておくか」

「ひとの部屋を異国に寄せていかないでください」

「お前が慣れないと言うからじゃないか」

こんなこと慣れたくないが、折りたたみ式のテーブルを広げるような場所もない。

仕方なく、正座をして、ピザに手を伸ばす。

「あぐらのほうが楽だぞ?」

ベッドの上で食べているだけでも行儀を教わった親に申し訳なく思うのに、あぐらは抵抗が大きすぎる。

ただ、テリヤキチキンの載ったピザはジャンク界の帝王とも言えそうな美味《うま》さだった。

シャワーを浴びて、後は寝るだけになる。

果たして今日は有意義だったと言えるだろうか?　と考える。

カラオケを一方的に歌っただけだ。大事だったはずなのに、なんとなくで過ぎ去ってしまった一日に思えて、無念な気持ちになってくる。

次のミッションを考えなければ。

ネットでそういうひとに対してどうすればいいかを調べても、大体が趣味を見つけること、に行き着く。

「あの……やりたいことありませんか?」

「あると思うか?」

これほど不毛な会話があるだろうか、という返答だった。


消灯後も、十郎丸さんはベッドしかない部屋のベッドに転がって携帯をいじっている。

あたしも眼鏡を外し、隣のベッドで横になっている。

「私はもうすぐ眠るんだろうな」

「そうでしょうね」

「ようやく今日という一日が終わったと、一息つける瞬間だ」

「仕事をしていなくてもですか?」

「何度も言うように、生きるのが大変なんだ。仕事はその中のひとつに過ぎない。シャワーを浴びて、髪を洗うのだって嫌いだ。それを乾かすのも嫌いだ。歯を磨くことも嫌いだ」

「それぐらいだったらサボっても大丈夫なのでは?」

「馬鹿かね。身だしなみは重要だ。世捨て人のような姿の人間に仕事を発注するか? そこまでの実績はまだ築けていない。サウンドクリエイターは芸術家ではない。一介の社会人だ」

「だったら成功しましょうよ。実績を築いていって」

「サウンドクリエイターはふたつに分かれる」

「いろんなものがふたつに分かれるんですね」

「器用になんでもこなす便利屋と、誰もがひれ伏す天才にだ。もちろん私は天才ではない。だから成功したところで、ただの便利屋に過ぎず、永遠に身だしなみを整える必要がある」

「でもたくさんお金がもらえて、やりたいことやり放題になるじゃないですか」

「なにもやりたいことなどない」

あ、とあたしはいいことを思いつく。

「ペット可のマンションに引っ越して、猫を飼えばいいんじゃないですか⁉」

「だからその夢もとっくに諦めたと説明しただろう。お前が思いつく限りの夢はすべて諦めた後なのだよ。何年生きていると思っているんだ」

今配信一位の曲の作曲者が天才じゃなかったら、どんなひとが天才なんだろう。先進的な機械を作っているエンジニアとか、万病を治す薬を開発している研究者とか、未解決問題に挑む数学者とかだろうか。十郎丸さんも含めて、全部遠いひとだ。平凡なあたしにどんな価値がこれから生まれるのか、今から恐ろしくなってしまうが、零時になると眠たくなる体に出来ていて、それには抗《あらが》えない。

ああ、朝にワープだ……。

第三章　格闘技を聴きに行く

一　恋のキューピッド現る

「時椿ちゃんは絶対に自分の意見を押し通さないよね」

そう言われた時、体が凍りついた。

小学生の頃からの友達で、中学に上がってからも、しょっちゅう遊んでいた。

学校でフリマを開くことになり、使えなくなった家電などの提供をチラシを持って各家庭にお願いしにいく係に、クラスの話し合いの流れであたしとその子がなって、それを配り終えたところだった。

お疲れさまという労《ねぎら》いならわかるが、どうしてそんな言葉を放ってきたのかわけがわからなかった。

「それって、誰とも衝突したくないから、だよね？」

彼女はそう続けた。

つまりこんな役割を負ったのが、あたしのせいだと責めているのだ。

さらに彼女はフードで目を隠して、冷徹に続ける。表情が見えないから、ことさらに恐ろしかった。

「それが時椿ちゃんの一番駄目なところ」

どうして、あたしは衝突を避けて友達を選んできたはずなのに、今まさにその相手からそんなことを突きつけられているのだろう。

思うだけならまだしも、口に出して言われている理由もわからない。

直せ、という意味だろうか。

携帯で時間を確認した。

「ああ、もうこんな時間なんだね。帰らなくちゃ」

結局あたしは逃げ出した。

そんな刺々《とげとげ》しい言葉と向き合いたくなかった。

まだ帰る時間ではなかったし、そもそもバーガーショップに寄って軽く打ち上げをするつもりだったのに、言い合いになるのが嫌で、一目散に帰宅した。

いつだってあたしはそうして、自分を守ってきたのだ。


目覚めてからも、中学生の頃の夢を見たせいか、重苦しい残滓《ざんし》のようなものがまだ心の奥底にあった。

カーテンを開ける。朝陽《あさひ》を受け、十郎丸さんもうっすら目を開く。そして、忌々しくため息をついていた。悪夢でも見ていたのだろうか。

ゆっくりしている時間はなかったので、十郎丸さんを跨《また》いでキッチンに移動し、朝食の準備に入る。

トーストを焼いている間に、湯を沸かし、個包装のドリップバッグでコーヒーを入《い》れる。トーストにはマーガリンを塗り、砂糖を振りかけるだけ。それがシンプルで一番好きだ。

ようやく体を起こした十郎丸さんにパンプレートとマグカップを渡すと、ベッドの上で食べ始めた。

あたしもそれに倣った。

ふたりで過ごす二回目の朝だ。十郎丸さんは規則正しく付き合ってくれる。普段なら、こんな午前中に起きていたりしないのではないか。それは彼女なりのあたしへの誠意なのだろうか。であれば、変なところでしっかりしているひとである。

「悪の権化とされているマーガリンを使い続けることには賛成だ。これをバターに替えたところで、他にトランス脂肪酸なんてたくさん摂《と》っているだろうからな」

そんな話を聞きながら、もしゃもしゃとトーストを咀嚼《そしゃく》し、それをコーヒーで流し込む。ベッドの上では、飲み物の置き場が一番厄介だ。床の狭い隙間にはめ込むように置いておくしかなかった。けど、高低差が激しい。目一杯手を伸ばさないと届かない。

ここ最近は人生で一番忙《せわ》しない日々な気がする。受験対策の勉強も頑張った気がするが、ここまでではなかった。このアパートへの引っ越しも親と引っ越し業者のおかげで、難なく済んだ。なのに、このひとと出会ってからは、恐ろしいほどに激動が続いている。

朝食を終えると、顔を洗い、歯を磨き、簡単にメイクを済ませる。

十郎丸さんも勝手にあたしの服を物色し、あたしが絶対にしないコーディネートで着替えを終えていた。

「ほんともう、そういう脅しは無しにしてください」

「ひとりきりにしてもいいと思うなら、ひとりきりになってみるが？」

「今日も大学についてくるんですか？」


今日は並んで歩く。

「私のお肌は現役大学生並みだ。特に大学に居ても怪しまれないだろ」

「それだけが救いです」

「この美肌の秘訣《ひけつ》を教えてやろうか」

それは是非聞きたい。頷く。そもそも比較すべき実年齢を知らないが。

「お肌にいい生活とはどのようなものだと思う？」

質問から始まった。

「それはバランスのいい食事を取り、規則正しい生活を送る、では？」

「私はそんな生活を送ったことはこれまで一切ないよ」

「え、じゃあ、どんな生活ですか」

「学生の頃からずっと家に籠もって曲を作って、社会人になってからもそうしてきた。つまりドラキュラのように一切陽に当たらない生活だよ」

「不健康――!!」

「天になにかあるのか?」

「癖です!」

通りすがりのお年寄りが、奇異の目であたしを見ていた。

「お前、ロックだな。どこでも思ったことをその場で叫ぶんだな。ロックバンドのボーカリストになればいい」

「いや、十郎丸さんに会ってからです。普段は叫ばないです。ロックバンドにも興味はありません」

実家のレコードショップでは、父の趣味で古めかしい洋楽のロックが常に店内に流れていたが、そこに長居したことは一度もない。それぐらい興味がなかった。

「向いていると思うのにな」

「不健康――!! ってツッコむように歌うロッカーなんて居ますか。むしろ積極的に不健康である側でしょ」

「確かに。ロッカーは酒とタバコがつきものだからな」

「で、陽に当たらないことがどうしてお肌にいいんですか?」

「お肌の大敵は紫外線らしい。昔、メイクさんに言われたよ。それは完全に引きこもって生活している賜《たまもの》ですよ、とな。お前も美肌をキープしたいなら、外に一切出ない仕事に就くといい。こうしている間もそのお肌は蝕《むしば》まれていっているのだぞ」

「いや、紫外線をカットする日傘とか、今ではいろいろありますから」

「毎日時間を割いてそんな日傘まで差して仕事場に通勤するほうが私は馬鹿らしく思うがな」

門をくぐり、大学のキャンパスに入る。

「大体のひとはそうするしかないんです。十郎丸さんのように家に籠もって出来る仕事のほうが珍しいんです」

「それでブラックだの、安月給だの、飲みも仕事のうちなのでしょうか、だの、阿鼻叫喚《あびきょうかん》になるなんて、この世は地獄だな」

「愚痴もたまにこぼしたくなるものなんです」

「働いたこともない癖に、何がわかるというのだ」

「そこまで地獄だったら経済はストップして国は崩壊しています」

「まあ、そうかもな。一部のやる気満々な人間が回しているのだろうな。生きてて楽しいんだろうな。羨ましいばかりだ」

政治家や銀行員や世の中のサラリーマンだけがやる気満々の世界だなんてことがあるのだろうか。青春を謳歌《おうか》する学生や、フリーターで好きなことをやっているひとたちだって、楽しく生きている気がするから、それは偏見に満ちた目線だと思ったが、本人はあたしの言葉に感銘すら受けている表情で、本気で羨ましがっている。

それは才能を持っているひとならではの傲慢さにも思えた。

掲示板で、休講がないかだけ確認して、教室に移動する。

「そういえば、お前の好きな男子はこの中に居るのかな」

大教室の一番後ろに陣取ったから、雑談し放題だった。

どきりとしたが、平静を装う。

「どうでしょうね」


講義が終わる。ノートと教科書と筆記具を鞄に仕舞って、席を立つ。次の教室へ移動だ。

無意識に動きだそうとしたところで、今あたしが送っている生活はそんな日常的なものではなかったことを思いだす。

なんで忘れていたんだ。十郎丸さんが居なくなっていたからだ。

どこに行ったんだ？　と見渡す。

教室の隅に居た。向かいに立つのは遠坂くんではないか。

どうしてバレたんだろう？　目線で気づかれたのだろうか。

それよりもあたしは逃げるべきなのか、止めに入るべきなのか、迷いに迷った。

唸《うな》るほど悩んでから、後者を選ぶことにした。

ふたりの元に駆けつける。

「何してるんですか」

「これからご飯を食べることになった」

なんて行動をしてくれるんだろう。死ぬ寸前だったひとだから、恐い物なしなのか。にしても予想外過ぎる。

あたしは遠坂くんの顔を窺《うかが》う。

遠坂くんは、特に迷惑でもなさそうで、あたしを見て、ひとつこくりと頷いた。

親睦会以来、一緒にご飯を食べる機会なんてなかった。携帯で連絡先だけは交換したが、一度も連絡は取っていない。

距離を縮めるチャンスであるが、縁が切れる大ピンチでもある。

十郎丸さんを信じていいのだろうか？

両方の結果が見たい。ゲームだったら、選択肢が現れて、駄目な結果になったらリセットして、選び直したい。

「行きましょう」

その返答に十郎丸さんは嬉しそうに、にやにやしていた。

このひとがこういう表情をしてくれるだけでも価値はあったかもしれない。

二　ボーダーライン

学食で済ますのかと思いきや、十郎丸さんの提案はファミレスだった。

中に入ると、四人がけの席に案内される。

どう座れば自然なのか、すぐ思いつけずに立ち尽くしてしまう。

早く座れとばかりに、十郎丸さんに服の袖を引っ張られ、ふたり並んで座る。向かいには遠坂くんひとりで。

確かにこれが最も自然だ。どれだけテンパっているんだ、あたしは。

だって、こうして顔を突き合わせるのは親睦会以来なのだ。

「すでに商業デビューしている先輩さんが友達にいるなんてすごいね」

どんな自己紹介をしたんだ。

だが、まさかその相手が死ぬ寸前だったとは思いもしないだろう。輝くような目で十郎丸さんを見ている。きっと充実した人生を過ごしているように映っているはずだ。

「そこそこ収入はある。この場は奢りだ。なんでも頼んでもらっていいぞ」

奢るならもっと高い店にして欲しかった。

「とりあえずドリンクバーは全員ぶんだな。料理は？」

メニューとにらめっこする。とにかく種類が多くて迷う。

「アーリオオーリオで」

遠坂くんは回文のような言葉を唱えた。

「ペコリーノチーズと」

さらによくわからないものが足された。チーズなことだけはわかる。

「ほう。洒落《しゃれ》た注文だな。さて、時椿くんも負けてはいられないなっ」

キューピッド役が意味不明なプレッシャーをかけてくる。普通にハンバーグのセットとか、頼みづらくなってしまったじゃないか。

「エビとイカのドリアで……」

写真も小ぶりに見えたし、シーフード。十郎丸さんの顔色を窺う。

「私はマルゲリータピザを頼もう」

採点ナッシング！

さっきのプレッシャーはなんだったんだ？　女の子らしくていいぞ！　とかそういう言葉を期待していたのに。

「エスカルゴのオーブン焼きも頼んで、シェアしよう。フォカッチャも付けてな」

それはシェアされても、食べないでおきたい。虫を食べるようで苦手だ。

呼び鈴を鳴らして、それらを十郎丸さんが注文した。

それを終えると、ドリンクバーに行き、それぞれ飲み物を手に席に戻る。

「どんなシンガーさんに曲を提供されているんですか？」

その質問で、遠坂くんが、この会食に付き合ってくれたのは、プロの作曲家の十郎丸さんと話がしたかっただけなんだとわかってくる。

それぐらいの動機がなくては、こんなことは叶《かな》わなかっただろう。もしかして、あたしは四年間ずっと黙って講義を受ける後ろ姿を見つめていることになっていたかもしれないのだ。それほど接点がなかった。むしろ、ラッキーぐらいに思うべきだ。

あたしが好意的に映ってるとは微塵も思わない。眼中にもないのではないか。せめて嫌われぬよう、必死に愛想笑いを浮かべておく。

「提供するアーティストは時椿くんに選んでもらっている」

「時椿さんにそんな権限が⁉」

待て。度肝を抜いてしまっているじゃないか。

「ないないないない」

慌てて否定する。

「たまに時椿くんが好きなアーティストを教えてくれるんで、それを参考にしたりもするのだよ。今配信一位になっているPassWordの曲もそうだ」

まあ、PassWordが好きな点だけは正しいけど。

「なるほど、時椿さんとの雑談の中でプロジェクトが始まったりするんですね」

十郎丸さんは深く頷くが、そんな誤解をさせたままでいいのか。

「じゃあ、時椿さんがこれからどんな音楽を聴いていくのか、そこに注目ってわけだ」

その作戦が功を奏したのか、遠坂くんが、あたしに笑いかけてくれた。それはなんていうか、とてもキュートだった。そんなふうに笑うなんて、今の今まで知らなかった。あたしは教室の隅に座って黙っている遠坂くんしか知らなかった。だから、すごくどきっとした。

「そうだ。こいつの発する言葉次第で今後の日本の音楽シーンは変わっていくといっても過言ではない」

過言だ。

「それはすごいね」

興味を持たれているのは嬉しいけど、嘘《うそ》が入り交じっているので、後ろめたさがすごい。黙って、オレンジジュースをストローで吸い上げるしかなかった。

料理が運ばれてくる。

遠坂くんの頼んだ回文みたいなのは、ただのスパゲッティだった。それにチーズをかけて食べるみたいだ。

あたしのドリアは、こぢんまりとしていて、実に女の子らしい。あたし自身でこのチョイスを褒めてやりたい。

ピザと、例のエスカルゴも並ぶ。

「熱いうちに食べるといい。このパンに載せてな」

その鉄板をあたしのほうに寄せてくる。

「そんなにお腹空《す》いていないんで」

押し返す。

「じゃ、僕頂きます。初めてなんで」

遠坂くんは、パンを手に取り、フォークで刺したエスカルゴをその上に載せ、口に放り込む。虫、平気なんだろうか……。

もぐもぐと咀嚼し、飲み込む。

「美味い。ソースが絶品ですね。そして食感がすごくいい。時椿さんも食べておいたほうがいいよ、これは」

名指しでそう言われると、空気を読まざるを得ない。

覚悟して、食べることにする。

遠坂くんの言う通りだ。濃厚なガーリックバターのソースがまず美味しい。エスカルゴ自体は貝を食べている感覚に近い。

「その辺のかたつむりを捕まえて作ってるから、寄生虫だらけだけどな」

「おええ」

もどしそうになる。

「冗談だ。そんな名誉毀損になるようなこと、配信一位の作家がするわけないだろ」

キューピッド役が、思い人の前で「おええ」ともどしかけるような冗談を言わないで欲しい。

「その配信一位の曲ってのは、いわゆるJ－POPなんですか？」

綺麗にフォークでパスタをくるっくるっと巻きながら食べていた遠坂くんがそんな質問を投げかける。

「パスワ？　遠坂くん、知らないの？」

思わずあたしが割って入る。

「うん、実は僕、そういうヒットチャート系の曲は聴かなくて、全然流行りを知らなくて」

「へえ、どういう音楽を聴くの？」

「基本はジャズ」

それもすごく遠坂くんらしい。ジャズ喫茶で読書している姿が想像出来る。

「ジャズのどういうところが好きなの？」

あたしも詳しくないけど、訊かずにはいられなかった。

「なんだろう……アドリブの連続で、それが速いフレーズであればあるほど、奏者にとっては、たくさんのフレーズを吹いたり弾いたりしなくちゃならない。しかも一度奏でたフレーズは二度と奏でられない。手癖と呼ばれてしまうからね。だから速いフレーズでソロを弾き続けることは、自分の首を絞めにいっているような行為のようにも見えるんだけど、彼らはそれらに挑戦し続けている。そういうところが魅力的に感じる」

こんなに熱く語る遠坂くんも初めて見た。

「すごい。あたしもそういうところを意識して聴いてみよっと」

「ライブ映像を見ると、指が魔法のように動いて、さらにいいよ。コントラバスは大きいから、動きもダイナミックだし」

そう言って片手を上下に大きく振る。それがきっとコントラバスの演奏方法なのだろう。なんなら、そのまま遠坂くんが弾いて欲しいぐらいだ。きっと誰もが見惚れるほど、輝きを放つと思う。教室では目立っていないぶん、そのギャップにこの世の女性はみんな虜《とりこ》になりそうだ。

うんうん、と両方の意味であたしは頷く。

「は、それでＪ－ＰＯＰがつまらなくなって聴かなくなった、と」

頷いたことを叱られたのか思うほど、反射的にびくっと反り返ってしまう。極寒の真冬が訪れたように空気が凍《い》てつく。

隣のテーブルから聞こえてきたのかと思った。おかしな客に目を付けられたのかも、と。

まるでバッタを狩る猫のような鋭く刺すような目つきで十郎丸さんが遠坂くんを見ていた。

「そこまでは言いませんけど、まぁ……」

遠坂くんは少し困った顔で、含みのある言葉を返す。十郎丸さんは瞳孔を細く縦に伸ばして、完全に狩人《かりゅうど》の姿と化していた。

「お前の夢は福祉の仕事でひとを助けることらしいな。福祉の仕事を舐《な》めるなよ。ヒットチャート系の曲は聴かなくてー、全然流行りを知らなくてーなんて言ってる意識高い系の大学生が耐えられるような仕事ではないわ。逃げ出して、毎日有線で流行りのＪ－ＰＯＰを永遠に聴かされ続ける地獄に落ちろ」

ずっとお人好しで通ってきた。誰かの言葉にイラッとしたり、カチンと来る経験なんてなかった。それは友達に恵まれていたからだろうか。

いや、あたしを揶揄するクラスメイトたちだって居たじゃないか。彼女たちに対してもあたしは常に穏やかだったはずだ。だけど、なんだろう。このつむじ辺りに血が結集したような感覚は。

それぐらい今の言葉が許せなかった。言ってはならない一線を越えていた。

「死にたいのは勝手ですが、ひとの夢をひどい言葉で貶《おとし》めたりするのは、看過出来ませんよ」

自分でもびっくりするぐらい怒りを孕《はら》んだ言葉だった。

「ほう、言うじゃないか、時椿くん」

天井を向くほど高く顎を上げ、そこから見下ろされる。

「言葉は悪かったかもしれないが、私なりのアドバイスだよ。人生経験豊富な社会人からのな」

「そんな言葉遊びのようなもので騙《だま》されませんよ。謝ってください」

あたしも今回ばかりは引く気にならない。

「誰に？　なにをだね？」

「遠坂くんに。ただの悪口を言ったことを」

「話にならない」

食べかけていたピザを皿に戻すと、椅子を弾き飛ばすような勢いで立ち上がり、十郎丸さんはそのままファミレスを出て行った。

「遠坂くん、ごめん」

あたしは頭を下げ、千円札を二枚テーブルに置いてから、遠坂くんをその場に残し、後を追った。

追いついたところで、どんな言葉を投げかけるべきなのだろう。それすらもわからないぐらい、我を忘れてしまっていた。

ただ、放ってはおけない、それだけの理由で動き出した。

さらに責め立てたら、胸が空くのだろうか。

レジ前で一度足を止め、頭を左右に振る。違う。そんなものは求めていない。

普段なら周りの目を気にするあたしが、意味もなく、うー！　とか、あー！　とか叫んでしまいそうだった。

三　誕生記念日

店を出ると、怒りにまかせて歩いていく十郎丸さんの背中があった。

「自分の仕事を馬鹿にされたようで、キレただけでしょ⁉　それが経験豊富な大人の言うことですか⁉　まるで子供ですよ！」

その背に追いついて、言い放つ。

十郎丸さんは立ち止まり、冷めた目で振り返る。

こういう時でも、いちいち綺麗だから困る。こっちの気勢が削《そ》がれるではないか。

十郎丸さんは何かを言おうと口を開いたが、結局無言のまま閉じ直し、また歩き始めた。

仕方なく、後ろについて歩く。

その足はどこかに向かっていそうで、どこにも向かっておらず、迷子のようだった。大学の最寄り駅近くをひたすらうろついていた。

何度もあたしのほうを、なんでついてくるんだ、とばかりに見たが、何も言ってはくれない。

振り切ろうとしているのか、早足になった。十郎丸さんのほうが歩幅が広くて、ついていけなくなる。

「帰るなら、ちゃんとあたしの家に帰ってください！」

ようやく出た言葉がそれだった。

十郎丸さんは下唇を噛《か》んで忌々しそうに振り返る。

「なんで、言い争った相手の家に帰らなくちゃならないんだ」

「死なれたら嫌だからです！」

「そんな奴にお前はキレてきたんだぞ」

「あたしはキレていません。十郎丸さんが一線を越えた発言をしたから咎《とが》めただけです」

「くそ……」

十郎丸さんは髪の毛を掻き毟り、しばらく唸っていた。

自殺しようとしている人間を責め立てるのはいかがなものかとは思うが、正すべきところは正すのが正解だと思う。それは、人として。

まだお昼過ぎだというのに、辺りはしんとしていた。ちょうどお昼ご飯を食べ終えて、それぞれの居場所に戻ってしまったみたいだ。

あるいは、この場所だけ時間ごと切り離されたかだ。

相手が美形な十郎丸さんだったからか、それぐらい現実味なく感じた。

「なあ、今夜、ジャズハウスに行ってみないか」

ぼさぼさな頭のまま、そんなことを提案された。

怒っているようにも混乱しているようにも見えて、その意図は読み取れない。

こんなの音楽じゃない、とか演奏者に罵声でも浴びせたいのだろうか。

「それは……あたしはもちろん、なんにでも付き合いますけど」

言い争った後だとしても、十郎丸さんに生きる希望を見つけてもらいたいという気持ちは揺るがなかった。もし、軽蔑されていたとしても、それは変わらないだろう。何があろうとも、あたしは助けたいのだ、このひとを。そのことを改めて確認する。

「なら、やっているところを調べておいてくれ。私はお前の家で待っている」

そう言い残して、去っていった。


最後の講義を受け終える。

帰宅している時間はないので、そのまま駅に向かう。

そもそもジャズを聴くのにこんなラフな格好でいいのだろうか？

ドレスコードがあったりしないのだろうか？

そもそも家に帰っても、それに見合った服はないが。

駅で待っていた十郎丸さんも、朝と同じ格好をしていたから、安心した。

「遅くなってすみません」

「ここからのナビは頼むぞ。私はお前の後についていくだけだ」

「はい」

携帯で、乗り換えを確認しつつ、改札をくぐる。

こうしてふたりで電車に乗るのは二度目だ。座れたので、並んで揺られる。十郎丸さんは携帯をいじっている。またＳＮＳでも見ているのだろうか。

「知り合いが誕生日だ」

ぽつりと言った。

「どうして誕生した日がめでたいんだろうな。この世に産み落とされた忌まわしき日だろうに」

実に十郎丸さんらしい解釈だ。

「百歩譲って、誕生した日なら祝ってもやろう。ようは生まれたての赤ん坊の状態だ。だが、そこから一年ごとに訪れる誕生日とやらは暦がたまたま一緒なだけの別の日だ。カレンダーを観て、そういえば今日はちょうど二十年前に生まれた日だな……ぐらいのテンションで居ろ。なんでこんなに周りからおめでとー！　とちやほやされる立場でふんぞり返っていられるんだ。それは生まれた日に充分言われただろ。何を一年ごとに祝われようとしているんだ。意味不明、とリプライしてやろう」

「やめてください！　誕生日とは、記念日だからですよ！」

　動かそうとしていた手を摑んで阻止する。

「結婚記念日だって結婚した後も毎年祝うものじゃないですかっ」

「なら、誕生記念日と呼ぶべきだな」

「確かに……」

「どうしてひとは記念日だらけにしたいんだろうな。付き合ってから、三ヵ月記念日とか言われると、吐き気がする。そんなに刻んで、テンションを上げる日を乱立させていくな。いつか毎日がなにかの記念日になるだろ」

「むしろ普通のひとはそういう記念日というきっかけで、プレゼントを贈ったり、食事をしたり、思い出作りをしていきたいんだと思いますけど」

　あたしは友達の誕生日にプレゼントを贈って祝うのは大好きな人間だ。

「勝手にするのは結構だが、こういう浅くも深くもない知り合いが記念日になられると、スルー出来ない。巻き込んで欲しくないのだよ。誕生日だとしても黙っていてくれないものかな」

　そんな考えかたをするひとは絶対少数派だ。


　目的の駅で降りると、日はとっぷりと暮れていた。

　ジャズハウスまでは徒歩ですぐ辿り着くことが出来た。

レンガの瓦が飾りのように並んでいて、小洒落たバーみたいな外観だった。

「未成年でも入れるんでしょうか……」

心配になってきた。

「そこはごまかせばいいだろう。別に私と同い年ぐらいには見えるよ」

それはあたしが老け顔だと言いたいのか、十郎丸さんが若く見えると言いたいのか、どちらかわからなかった。前者ならあまりに失礼で、怒りを露《あら》わにしたかったが、それをぐっと堪える。

「じゃ、行きましょう」

シックにデザインされたドアを開くと、いきなり階段が現れる。店自体は地下にあるようだ。

それを降りていくと、店員らしき男性からカウンター越しに「いらっしゃいませ」と迎えられる。

「ネットで予約した時椿と申します」

「はい、承っております。先にミュージックチャージとドリンク代を頂いております」

「払おう」

十郎丸さんがあたしに代わって店員に支払いを行った。

「お前は何を飲む？　マッカランでもいいぞ。ウィスキー界のロールスロイスだぞ」

「普通にトマトジュースでいいです」

「いや、普通か？　かなりトリッキーだぞ」

ドリンクが入ったグラスはその場で渡された。

「とりあえずピザも頼んでおいた。昼間食い損ねたからな」

ありがとうございます、というのも変な気がしたので、曖昧に頭を下げておく。

「席は自由に座っていいそうだ」

改めて店内を見渡すと、バーのカウンターのようなものがあって、後はステージに向けて椅子が並んでいて、そのほとんどがすでに客で埋まっていた。

ステージも、客席とこれといった区切りがあるわけでもなく、ピアノやドラムが置いてあるだけだ。

コントラバスは椅子の座面に掛けるようにして置いてあった。実際に見ても、大きな楽器だ。

提案されたまま来てみたものの、一体何のためだっただろうか。仲直りのため？　そもそも仲直りするような関係だっただろうか。面白いひとだし、尊敬に値する仕事もしているし、自殺も止めたいし、振り回されてばかりだ。

放っておいて帰ってもいい気になってくるし、いや、絶対付き合わないといけないとも思えたし、どうして道徳でこの答えを教えてくれなかったのか。生命を大切にする心や判断を学ぶ科目だっただろうに。

「一番前が空いてるぞ」

十郎丸さんは客と客の間を通り抜け、最前の席を陣取る。あたしも途中飲み物をこぼしそうになりながらも必死についていき、隣に座ることが出来た。辺りは熱気でむんとしている。よく考えると、これが自分の初めてのライブ体験だ。

一体どんなものなのか、わくわくしながら待っていると、同じ観客だと思っていたひとたちが、ステージへと向かいだした。

ラフな格好をしていたため、とても演奏者だとは思えなかった。どこにでも居そうなバーの男性客に見えた。

ひとりがピアノの前に座り、ひとりがコントラバスを縦に持って立ち、残るひとりがドラムの後ろに座りスティックを手にした。

拍手が送られる。あたしも空気を読んで叩いておく。

四　ワルツ・フォー・デビイ

高校二年の時、学祭で軽音楽部のバンド演奏を遠巻きに観たことはある。ひとが集まり盛り上がってはいたが、いまいちに感じたことだけは覚えている。

そして今、ピアニストが鍵盤に両手を添えた。しっとりと始まるかと思いきや、夏の通り雨のように激しく叩きつけられ、高音の連打から幕が開いた。

なんだこれは、とあんぐりと口を開けていると、べきばきと太い幹がしなるような音が床を這《は》い始める。

それはコントラバスだった。二本の指で長く太い弦をびんびんと弾いていた。バイオリンのようなフォルムだったので、もっと綺麗な音がすると思っていた。それは地鳴りのようにうねり、地中をも揺るがしかねないほどに思えた。

そこにガシャーン！　とガラスを割って誰かが飛び込んできた。ドラムだ。たくさんのシンバルを叩いていた。

それはまだイントロに過ぎなかった。

一瞬の静寂の後、三つの楽器が思い思いにそれぞれの方向に走り出す。

まるでこのジャズハウスがジェットコースターで、てっぺんから一気に落とされたかのようなスリル感溢れる演奏が始まった。

なんだこれは、の連続だ。まったく知らなかった世界が今、目の前に広がっている。新しい銀河でも観測している気分だ。そこには見たこともない色で光る星々が待っていた。

自分の想像していたジャズとは異なりすぎている。喫茶店などで流れる、当たり障りのない音楽、それがジャズだと思っていた。

しかし今、演奏されている音楽は、パワフルだった。三人はアスリートのように全力で手や足を動かし、情熱をぶつけあっていた。

それは観客席をも巻き込むスポーツのようでもあった。手に汗を握って見守ってしまう。

ひとつひとつの音が体当たりしてくる。コントラバスは胸に響き、ドラムは腹に響く。ピアノは全身に響いた。

こんなのをBGMにしていたらなんの作業も出来なくなる。それぐらい目の前の光景に釘付《くぎづ》けとなる。

ピアノからは、とんでもない速さのフレーズが繰り出されてくる。こんな難解なフレーズを記憶して弾いているのだろうか？　あるいは、瞬発力で弾いているのだろうか。あたしにはよくわからない。

ピアニストが弾ききったとばかりに手を挙げる。すると、コントラバスのソロが始まった。ピアノのソロが終わったのだ。周りも拍手を送っている。あたしも叩かずにはいられない。

最初のうちは低音で弾いていたが、徐々に音が高くなっていく。同時にこちらのテンションも上がっていく。コントラバスはひとの背丈ほどあるので、その動きはダイナミックで見ているだけでも楽しい。弦のすごく下のほう、手が届くぎりぎりのところで高い音を弾き出すと盛り上がりは最高潮となる。周りから拍手が起きる。コントラバスのソロも終わったのだ。あたしも精一杯の拍手を送る。

ドラムソロはあたしなんかには理解不能だった。時にすごい速さで連打したり、時に民族音楽的なノリになったり、自由で気ままだった。これは先ほどまでのリズムに乗り続けているのだろうか？　だとしたら、ものすごいリズム感だ。ピアノもコントラバスも休んでいる中、鳴っているのはドラムだけで、旋律も何もないはずなのに、延々と聴いていられる。

そのドラムソロの後に、ピアノとコントラバスが同時に戻ってくる。目配せでも送っていたのだろうか。そしてやはり拍手が送られる。あたしも送る。

最初に聴いたフレーズが奏でられ、曲が終わる。そして大きな拍手。どれだけの時間演奏されていたのだろう？　時間感覚がなくなるほど、聴き入ってしまっていた。

ピアノが、聞き覚えのあるフレーズを奏で始めた。

きっとジャズでは有名な曲なのだろう。

しかし、コントラバスとドラムが入ると、またあの迫力が返ってきた。

この三人がプレイすると、どんなジャズもパワフルでドラマティックな曲に生まれ変わるようだ。

プレイヤー同士が見つめ合って、笑顔になる場面もあるが、ソロに入ると、そのプレイヤーは真剣そのもの。ソロを終えると、興奮のあまりか、叫び声を上げる。それに負けじとバトンを受け取ったプレイヤーがまたソロに立ち向かう。なんだ、このヒリヒリとした空気は。三人のプレイヤーがそれぞれ自分の腕を競い合っているような、あるいは、限界に挑んでいるような、そんな音楽だった。

ピアニストが立ち上がり、メンバー紹介をして、ようやくライブが終わったのだと知る。

もはや叩きすぎて手のひらが痛い。

そういえばと我に返る。ライブ中、その当人の十郎丸さんのことをまったく気に留めていなかった。

隣を見ると、背筋を伸ばして毅然としたいつもの十郎丸さんが居た。

「どうでした……？」

恐る恐る感想を訊いてみる。

十郎丸さんは何かが腑《ふ》に落ちない、と不可解な事件現場を前にした刑事のような面持ちでいた。

「ちょっと話を聞いてくる」

あたしの問いかけなんてまるで聞いていなかったように、すっと立ち上がる。

相手を罵倒しかねないと思って、あたしもついていく。

「失礼。一体、何を見て弾いていたんだ」

演奏を終えたばかりの年上にしか見えない無精髭《ぶしょうひげ》を蓄えたピアニストにタメ口でそんなことを訊く。

相手は、最初は面食らった様子でいたが、すぐ落ち着きを取り戻し、親切に一枚の紙を見せてくれた。

「これだよ」

楽譜のようだったが、あたしにはちんぷんかんぷんだ。

だが、十郎丸さんには衝撃的だったのか、目を大きく見開いていた。

「これだけで十分以上の演奏を……」

あのたくさんのフレーズをこのＡ４サイズの一枚を見て演奏していたというのだろうか？

だとしたら確かに、驚く。

「つまりは……ほとんどはアドリブだったということなのか」

うん、とピアニストは頷いた。

「それは、その場その場で考えて紡ぎ出しているソロなのか」

「基本はそうだよ。ジャズは挑戦の音楽だからね」

「挑戦？　どんな」

「自分の中に思いついたメロディに指がついていくか、という挑戦」

十郎丸さんは斜めに置かれたコントラバスのほうを見る。

「コントラバスは、あの大きさでフレットもないのに、的確に音を出せるものなのか？」

「もちろん。体の痒《かゆ》い部分があったら、きみだって外せずに掻けるだろう？」

それは体の一部になっているという意味だろう。

「的確にも出せるし、管楽器が居る場合は、そもそも平均律以外の音を吹かれることがあって、そこに合わせにいくのはコントラバスの仕事だよ。調律されたピアノには無理だからね」

なんの話をしているのかはさっぱり理解出来ない。

ただ十郎丸さんが興奮気味なのはわかる。姿勢も前のめりになっている。こんなに何かに食いつく姿も初めて見る。

「ドラムソロの間、水を飲んでいたじゃないか。なんのタイミングでまたコントラバスと同時に演奏に戻ってこられたんだ？」

それはあたしも不思議に思っていたところだ。

「はは、頭の中でビートは刻み続けているよ」

完全に休んでいる、というわけではないようだ。

「さっき自分の中に思いついたメロディと言っていたが、その根源は？」

「それは、これまで聴いてきた何千枚のレコードたちだよ」

「だったら既存のメロディを弾いていることにならないか？」

「譜面で見て弾いたらモノマネになってしまう。だからあくまで耳コピで弾くんだよ。そうすると、完全には一致せず、自分なりのオリジナリティが生まれる。それを繰り返し、フレーズの引き出しを増やしていくんだ」

「そこに到達するまでにはどれだけの時間が必要なのだろう……？」

「何千枚のレコードたちを耳コピして、僕のように弾けるようになるまでかね？」

「ああ」

「十年ぐらいはかかるだろうね」

果てしない年月だ。

十郎丸さんも、呆然《ぼうぜん》とした表情になり、次の言葉が出てこなくなる。

それをどう汲み取ったのか、ピアニストは優しく語り出す。

「別に下手でもいい。やりたいならすぐ始めるといい。例えば、セッションをするのでも、ド、ミ、ソの三音を繰り返し弾くだけでも、情熱的だったら、それはもうジャズだ」

なんだかあたしでも出来そうな易しい説明だ。

「ただ自己研鑽《けんさん》だけは弛《たゆ》まぬよう。僕だって未だにその途中だ」

「私は……ひとつのメロディを思いつくのだって大変だというのに……あれだけのメロディを即興で生みだし続けて……手癖になったらそのフレーズは二度と使えなくて……」

顔を伏せて、途切れ途切れに言葉を紡ぐ。

「それは……果たして楽しいことなのか？」

最後にがばりと顔を上げる。

「もちろん。楽しくなかったらやっていないよ」

ピアニストは子供のような無邪気な笑顔で答える。

「最後にもうひとつ。ポップスは、馬鹿みたいな音楽か？」

「まさか。僕は移動時、カーステレオでいつも聴いてるよ。よく娘に勧められるんだが、最近の流行り曲もいいものだ」

「そうか……」

十郎丸さんも呼応したように笑みを零《こぼ》した。

「ありがとう。素晴らしいライブだった」

礼をして、あたしを振り返る。その顔はいつもの飄々《ひょうひょう》としたものに戻っていた。

「帰るぞ。ナビは頼む。私はお前の後についていくだけだ」

行きと同じことを言われる。

「どうでした？」

帰りの電車の中で並んで揺られながら、今度は恐る恐るではなく、普通に訊くことが出来た。

「あんな音楽は初めてだったな。まるで格闘技を見ているようだった」

「まさにそうですよね！　あたしもひりひりしっぱなしでした。ジャズって当たり障りのない音楽だと思ってたんですが、１９０度イメージが変わりました」

じろりと睨《にら》まれる。

「角度にすると10度分戻ってきてるからな」

「あれ？　ほんとだ！」

「馬鹿か」

本当にお恥ずかしい。でも、と心を立て直す。

「流行りのポップスも聴いてるらしいですから、十郎丸さんの曲もきっと聴いていますね」

「そうかもな。お前の思い人は永遠に聴くことはなさそうだが」

そう言って、後ろの窓に頭をぶつけるほどふんぞり返る。

「そこに話戻しますか？」

「そもそもわざわざ遠出してきたのはそこに端を発しているからな。どうして死ぬ寸前にこんな行動力を発揮しなくてはならないんだ」

「ジャズ始めてみたらどうですか？　生き甲斐《がい》になるかもしれませんよ？」

「ポップスのメロディを産み出すのにも苦しんでいる人間に出来ると思うか？」

「ド、ミ、ソでもいいって言ってたじゃないですか」

「私はリズム音痴で、打ち込みに頼って作曲をしている作家だぞ。あんなドラムソロの中、頭の中でビートを刻んでなければならない生の演奏なんて不可能だ」

意味はよくわからないが、ド、ミ、ソだけでは通用しない難関があるようだ。

顎に手を当て、んーと考える。

「じゃあ、死にたくなったらジャズのライブに連れていきます」

「勘違いしているようだから言っておくが、私は別に今日のライブに感動したわけではないぞ」

「え？　あれだけのライブを見せられて？」

「むしろ、自分のやっている音楽との差を突きつけられて、愕然と立ちすくんでいた」

そう言って、口を真一文字に結んだ。

「そうだったんですか……」

あたしと同じように感動して、いてもたってもいられなくなって、ピアニストに話しかけたものだとばかり思っていた。

「メジャースケールでしか曲を作ったことのない私は惨めな思いになったよ。しかも私は打ち込みで、たくさんの時間を使ってだ」

「めじゃーすけーる、とは？」

「お前たちが普段聴いているＪ－ＰＯＰは大体メジャースケール、ドレミファソラシの七つだけで作られている。もし違っても、調が変わっているだけだ。臨時記号として♯や♭がつくこともあるだろうが、そんなに頻出はしない」

まったく理解出来ないが、十郎丸さんは真っ暗な窓の向こうを見つめたまま続ける。

「だが今日聴いた音楽は、♯と♭だらけだ。つまり十二音階すべてを使っているのだ。メジャースケールだけの曲とは圧倒的な差がつく。彼らはそれらを駆使して、恐ろしいほどの数のフレーズを瞬時に生み出し続けていたのだよ。そこには複雑さと難解さと自由があった。その次元の違いがわかるか」

ようやくこっちを見てくれるが、もちろんわからない。

「凡人と天才のような同じ種で語れるレベルではない。私には相手が、すでにワームホールを駆使して、銀河を移動している宇宙人のレベルに感じたよ」

正気を失ったような、壊れた笑みを浮かべた。

「時椿くんはどう思う？」

例えが果てしなすぎて、上手く想像出来ない。あたしの頭はぐちゃぐちゃに混乱してしまっている。

見つめられているのに、なにも返せずにいる。

十郎丸さんは何かしらの言葉を求めてるはずなのに。

「何を期待してたんだろうな」

そう言って、脱力したように頭をガラスに当て、再び窓の向こうの闇をぼーっと見た。

「こんなことを素人のお前に話してすまなかった」

何かを期待されていた。それは間違いなかった。だから、自分自身に失望して、片方の手首に手の爪を立て、引っ搔くように押し込む。

どうしてどんな言葉も浮かんでこなかったのだろう。

実家はレコードショップだというのに。

店内ではいつも洋楽のロックが流れていた。小学一年から高校を卒業するまで、登校と下校時に毎日その店内を通り過ぎていた。

どうして、聴いてみようと思わなかったのだろう。どうして、しばらく音楽の中に浸ってみたいと思わなかったのだろう。

あんな恵まれた環境で暮らしていたのに。

いつか興味が出る日まで、と先送りにしていた。

ただの大学生で、何も積み上げてこなかった。それほど子供のまま無邪気に過ごしてきた。

ジャズピアニストが言っていた十年以上の時間があったのに。

初めてそれを悔いた。

だから今、返す言葉が見つからないのだ。

十郎丸さんの期待に応える価値ある人間になれていないのだ。

あの日に帰って、店内に長居したかった。

そんなことは不可能だってわかってるけど。

五　空白の五年間

部屋に入り、電気をつけると、黒い機器が至るところに設置されていた。

「お急ぎ便で注文したら、夕方に届いたんだ」

「これ、いくつあるんですか……」

「5・1chだから六つ。だが、そもそもテレビが小さいからオーバースペックなことに後から気づいた。大型テレビも一緒に注文しておくべきだった」

あんなことがあった後なのに、十郎丸さんは飄々と答える。

「これ以上、生活スペースを奪わないでください」

部屋主として忠告しておく。

テレビをつけ、ニュース番組を見ながらベッドの上でサラダを食べるが、後ろからもアナウンサーの声が聞こえてくるので、アナウンサーに囲まれている感覚に陥る。

十郎丸さんは一瞬でシャワーを浴び終え、頭にタオルを巻いたまま、冷蔵庫からビール缶を取り出して、ベッドに座り込み、ぷしゅっと開ける。

「ニュースなんて観てないで、刺激的な映画を観よう」

「シャワー浴びてくるんで、どうぞ」

リモコンを渡して、入れ替わり、浴室に向かった。

泡立てた頭も揉《も》みながら、色々なことを考えてしまう。さっき電車の中で期待に応えられなかったことから始まり、ぐるぐると螺旋《らせん》を描いて過去を遡っていき、あたし自身の人生への後悔へと至る。

気づくと、排水口に吸い込まれていくお湯をじっと見つめてしまっていた。

いけないいけない、と頭を振る。助けようとしている側がこんなに落ち込んでしまっては。

入浴を終え、ルームウェアに着替え、洗面台の前で髪を乾かしていると、拡声器で何かを叫んでいるような音が耳をつんざいた。

慌ててリビングに戻ると、暗くなっていて、映画館のような臨場感で音声が鳴り渡っていた。

「近所迷惑ですから！」

慌てて、十郎丸さんの手からリモコンを奪い、電源を切る。真っ暗になったので、壁伝いに蛍光灯のスイッチを探しだす羽目に。

「結構刺激的だったのに」

「夜の騒音は控えましょう……四年間はここに住むので」

ようやく探し当て、明かりが灯《とも》る。シャワーを出たばかりなのに、汗が噴き出る。髪も半乾きだったが、洗面台の前に戻る気になれず、そのままベッドに座り、自然乾燥を待つことにする。

見知らぬリモコンを操作し、スピーカーの音を下げたのか、再びテレビをつけても気にならない程度にしてくれた。

十郎丸さんが観ていたのは惨殺シーンだらけのサイコスリラー映画だった。なんてものを爆音で観るんだ。

「しかしストーリーを知っていると、つまらないな」

鑑賞を途中で止め、検索画面に切り替えた。

「新しいのを観ればいいじゃないですか」

「新しい映画を一本観る、というのは、起承転結の起から観るということだ。ようは舞台やキャラの設定が描かれる一番つまらない部分を乗り越えなくてはならない。そこまでの気力は湧かないな」

その気持ちはわからなくもない。

「あー、お前向けなのが見つかったぞ」

「え?」

ワンダフルイノセントと同じ監督作品とかだろうか。それならすべて鑑賞済みだ。

しかし流れ始めたのは洋画だった。字幕つきで、低くしゃがれた声だけがまず聞こえてきた。

管楽器の音と共に、サングラスをかけた黒人男性へのインタビュー映像が浮かび上がってくる。

「ジャズの帝王の自叙伝的な映画だよ」

そんなものを選んでくれるとは、どういう風の吹き回しなんだろう？　と考えてしまう。もしかして、当てつけだったり、自暴自棄だったりしないのだろうか。

心配になって横顔を覗《のぞ》くが、特に不機嫌でもない、いつものクールさでいた。

「しかし今まで聴いたこともないような音楽だったはずなのに、その良さがお前にはわかるだなんて不思議な話だな」

字幕だったから、鑑賞中も会話が出来た。

「そうですね……小さい頃はそもそも音楽に触れてなかったですし、中学生になって友達から薦められて聴いたのもＪ－ＰＯＰばかりでした」

「そうなると、その感覚は知識から得られた経験によるものとは思えない。対象をそのまま認識していたのではなく、対象の認識は、先天的な何かで行われていたように感じるな」

たまに十郎丸さんはこういう小難しい考え方をする。勉強は大嫌いだと言っていたが、頭は絶対いいはずだ。

ジャズの帝王の私生活は、実に破天荒だった。若干引くほどだった。

銃を撃ったり、カーチェイスをしたり、普通に薬もやっていて、十郎丸さんが「いいなあ」と羨ましがる。

だが、トランペットを吹くシーンでは今日観たライブの熱さが甦《よみがえ》ってくる。オーバースペックなシアターシステムも活《い》きていた。

「ひとは己が平凡だと気づいたらお仕舞いだ」

鑑賞を終え、エンドロールが始まったところでそんなことを言い出す。

「なんの話ですか？」

「生きるためのアドバイスだ。まだ、自分は特別だ、才能がある、ほかの奴らとは違うんだ、と思えているうちが華だ。なんの才能もないと気づいたら、そこから始まるのはただただ退屈な日々だ。ずっと勘違いして生きろ」

「まず、何も才能がないんですが……」

「だったらとっとと見つけて、勘違いしろ。そして死ぬまで勘違いし続けろ」

「十郎丸さんは気づいてしまったというんでしょうか……」

「とっくの昔にな。私は才能のある作曲家ではない。たまたま今配信一位だが、元から人気があったグループのコンペに採用されただけだ。ここからサクセスストーリーが始まるわけではない。商業作家とはそういうものだ」

ベッドから立ち上がり、冷蔵庫に向かう。すでに空き缶が四本も転がっていた。

暇そうにあくびをした後、リモコンをベッドに放り出して携帯を弄りだした。テレビはさっき観た映画の情報画面で止まっていた。

ぽろん、と音がして驚く。

「なんですか？」

「ただの音楽アプリだよ」

見せてくれた画面は鍵盤になっていた。

十郎丸さんは寝そべったまま、しばらくじっと鍵盤になった画面を見つめたままでいた。

今度は何を始めようというのか。

鍵盤に指を這わせる。

ぽろぽろと音が鳴るが、メロディとはまだ言えない。何かを探している様子だ。

十郎丸さんも納得がいかないのか、携帯を見上げる顔つきが険しくなっていく。

素人のあたしでもわかるほど、音がズレ始めた。この感覚はなんだろう。まるで音痴なひとの歌を聴いているような感覚。

どんどんと奇っ怪な旋律に変わっていく。

でも自棄《やけ》ではない。顔つきは真剣そのものだ。

どれだけ時間が経っただろう。

体をよじり、必死な形相で、音を探していた。

その姿はまるで息の出来ない水中でもがき苦しみ、救いを求め、天に手を伸ばしているかのようだ。

何をそこまで……。

声をかけるべきだ。そう考え始めた頃、ようやく十郎丸さんが追い求めているものがあたしにも見えてきた。

この音が外れたような旋律は、今日聴いてきたジャズだ。

ジャズを作曲しようとしているのだ。

「わかった。このスケールだ」

岸辺に辿り着いたかのように、がばりと体を起こす。髪もぼさぼさに乱れている。

「え？」

「弾くぞ」

「はい」

そう返事するしかない。

十郎丸さんは、携帯に両手を添えた。

そして、それをつま弾く。

大好きな、思い出のレコードに針が落とされ再生された気分だ。初めて聴くのに。

同時に体温が上がるぐらいの興奮が甦ってくる。それぐらい熱くひりつくフレーズだった。

「すごい！」

心の底から感動する。さっき聴いてきた新たな銀河を観測するような体験が味わえた。

「疲れた……。まさかスケールを探すところから始めないといけないとはな」

「今の、ジャズですよね？」

疲れ切ったのか、十郎丸さんは枕に深く後頭部を沈めていた。

「恐らくな。けど、コンペにも送れない価値のないフレーズだ。こんなの採用されるはずがない」

「ジャズでボーカル曲はないんですか？」

「もちろんあるだろうが、私もお前も知らないぐらい、日本ではマイナーなものだ。食ってはいけない」

あたしは天啓を得たかのようにひらめく。

「だったら、十郎丸さんの好きなダブルメタルと合体させたらどうですか⁉」

素晴らしいアイデアではないか。

「エクストリームなジャズか。若干の需要はあるかもな」

まんざらでもないのか、口の端には笑みを浮かべている。

「あります！　あたしは聴いてみたいです！」

ここぞとばかりに身を乗り出す。

「今のワンフレーズでもあれだけ苦労したんだぞ。無理に決まってるだろ」

冷笑に変わっていた。

こちらの体温も一度ぐらい下がった気分になる。指先もかじかむほどに。

でも今、どうしてそんなことをしてくれたのだろうか。

「一応少なからず私にもファンが居てね」

十郎丸さんは枕に頭を埋めながらも、顎を突き上げていた。それはもちろん居るだろう。

「人気アイドルやグループに提供した曲で私が叩かれると、あるファンは叩いてる奴らにこの言葉で戦うのだ。『ならお前が作れよ』と。それは私からするとお門違いもいいところの擁護だ。叩いてる奴が作曲家であれば容認しよう。だが、相手は素人だ。その素人にも、別の仕事があり、そちらでは優秀な奴かもしれないじゃないか。相手が建築士なのであれば、『ならお前も立派な建物を建てろよ』とせめて相手の土俵で相撲を取らせてやれ、という話だ。もちろんそこまで相手のことを知り尽くすほど発展する議論ではない」

その安易な擁護の的外れ感はなんとなく理解出来る。だから、なんだというのだろう。

「同じ愚を犯してしまっていたことに気づいて、やってみせたのだ」

「十郎丸さんがなにを……？」

「帰りの電車でお前を責め立ててしまったではないか」

まだ点と点が繋がらずに、ぽかんとする。

「私はジャズというものに立ち向かい、努力する姿をお前に見せてみた。これで私はお前にジャズで八つ当たり出来る土俵に立てた、ということだ。いいか、覚悟しとけ」

何を？　と身構えると、十郎丸さんはあたしの正面にあぐらをかいて座り、早口言葉のような速度で喋り始める。

「いいか？　メジャーコードは、チャーチモードではイオニアンスケール、と呼ばれている。それがお前らがよく知るドレミファソラシだ。最も歌謡曲で使われるスケールだ。キーをCとすると、白鍵のみの音階となる。しかし今、私が見つけ出したのは、それ以外のスケールだ。なんだ、このスケールは。EとAとBが♭していた。なんてクセの強さか、聴いていてわかったろ。こんな音階でポップスなど作れるわけないだろ。しかも、半音階でぶつけるのがいいらしい。今も試してやった。歌になると思うか？　歌えないわ。歌えても気持ち悪すぎて売れないわ。こういうスケールが、ダイアトニックにない音を無尽蔵に増やしていくのだ……」

それはジャズに対する長い長い文句の始まりだった。

もちろんあたしにはちんぷんかんぷんで、一方的に聞いているしかなかった。

でも、それは同時に十郎丸さんなりの辻褄《つじつま》合わせだ。

あたしに勝手に期待して、あたしにショックを受けさせたことに対する。

確かにあたしは目の前でジャズを作曲する、という大変さを目の当たりにした。

だからこれぐらいの文句は聞くに相応しい存在となったのだ。

それはまるで、人間嫌いの野良猫がようやく心を開いて足下まですり寄ってきてくれたかのようにも感じて、嬉しい。

十郎丸さんは血気盛んに熱弁を振るうが、それを聞かされているあたしの心はむしろ落ち着きを取り戻しつつあった。

もしかしたらあたしは、お人好しでも正しく育てられたからでもなく、ただ自分のわがままで、このひとに生きていて欲しいのかもしれない。

明日は大学の講義をすべて休むことに決めた。

第四章　楽しいこと探し

一　水族館へ

目覚まし時計の音で起きる。

無意識に大学に行く支度を始めるが、今日は休むと決めていたことを思いだし、ゆっくりすることにする。

十郎丸さんの寝顔は、安らかだった。いつもの毅然とした表情でもない。せめて夢の中だけでも幸せであって欲しいと願う。どれだけの辛さを抱えて生きているか、あたしなんかには到底計り知れない。

それでも、今日まで交わしてきた会話、やりとりが愛《いと》おしかった。気高い姿、子供のように笑う姿、この世を皮肉る姿、すべてが愛おしかった。そんな相手がこの世界から居なくなるなんて、嫌だ。ただの自己都合かもしれない。でも、嫌なのだ。

じっと見つめていると、長いまつげがぴくりと動く。瞼《まぶた》をそっと開けて、深く長いため息をつく。それは起床時の癖のようだった。

あたしはキッチンに立って、ふたりぶんのトーストを焼き、コーヒーを淹れる。

ベッドの上での食事にも三日目にして慣れてきた。

「ん？　こんな時間なのに、大学は？」

「休みます。別に一年から頑張らなくても、大丈夫なんで気にしないでください」

でも必修の単位は取っておかなくては後で困るだろうな。

「勉強が好きなんだろう？」

「いえ、大学には、とりあえず進学しただけで、特にやりたいことも決まってませんし」

「そうか。まあ、心理学部を出たからといって、心理関係の仕事で食っていける奴なんて一握りだろうからな。それは音楽学校と同じだ。飲み屋でアルバイトして、そのまま正社員になった奴も知っている。みんな、特に執念もなく、現状をまあいっかでずるずると惰性で生きていくものだ」

トーストを食べ終えて、キッチンで洗い物をさっと済ませる。

「大学まで休んで、今日は何をする気なんだ？」

ベッドしかない部屋のベッドでごろごろしながら訊いてくる。そこがテーブルと椅子であれば、ぴんとした背筋で座って訊いてくれていただろうに。そのほうが十郎丸さんのスタイルの良さも映えただろうし、部屋も喜んでいたはずだ。

今日を入れて残り三日。一日たりとも無駄に出来ない。

カラオケは行ったし……。

「ボウリングはどうですか？」

「これでもいい歳なんだ。筋肉痛に悩まされるのはごめんんだ」

いくつなんだ。教えて欲しいものだが、提案を続ける。

「じゃあ、ダーツとか、ビリヤードとか、弓とか」

「どうして的を狙うものばかりなんだ」

「それは決まったとき爽快だからじゃないですか。スカッとしますよ」

拳を握りしめ勝ち名乗りのごとく伝える。

「私は仕事でクライアントのストライクを常に狙いにいっているようなものなのだよ」

「なるほど……」

瞬時に自信は砕かれる。

「それと最後の弓ってなんだ。武道じゃないか。そんな遊び感覚で出来る場所があるのか。あったら行ってみたいわ。連れていけ」

確かにない。あたしが弓道部だった過去すらない。

「映画を観に行くのはどうですか?」

「昨夜も観たのにか? それとも面白い映画でもやっているというのか?」

「それはこれから探してみます」

いいか? と前置きをしてから、十郎丸さんはベッドの上であぐらをかく。椅子なら華麗に足が組めたのに。

「もし、その映画が面白かったとしよう。相手が居ることは一切考えず、じっくり集中して観たいではないか。もし、それが駄作だったとしよう。誘った手前、気まずいじゃないか。どちらにしてもそんな映画であればひとりで観るべきだ」

「デートの定番を身も蓋もない……」

「デートであれば尚更《なおさら》だよ。ふたりで観ている時間は無駄だ。それぞれ違う日に観て、感想を言い合う日をデートにあてたほうが時間を有意義に使える」

「同じ空間で観ていた、という思い出が大事なんですよ。花火のようなものです」

「花火は好きだぞ。なかなか日常であんな大爆発は味わえない」

笑みを浮かべられるが、あれを爆発と捉えるひとが居るとは。

「だからこそ、こっそりひとりで楽しむほうがいいのではないか？」

「そんな危険なものではなく、夏の風物詩としてです」

「そうか。なるほどな。私にわからないわけだ。そういうものにはまったく興味が湧かない」

後は……と考える。

「旅行はどうですか？」

「私は旅行というものが大嫌いなのだよ。ただの長距離移動ではないか。勉強も大嫌いだから、そのふたつが合体した修学旅行は一番わけがわからないものだ。いちいちあんなのではしゃいでいる奴らの気が知れない。お風呂に入るのも嫌いだから、そのふたつが合体した温泉旅行が二番目にわけがわからない。冬にさらにわざわざ寒いところに行く奴らの気も知れないから、そのふたつが合体したスキー旅行が三番目にわけがわからない。さて、お前が提案する旅行とはなんだ？」

そんな、王手とチェックとウノを同時に言われてもと思う。

「そうですね……観光とか……？」

「彗星《すいせい》が落ちてくるような壮絶な世界の終わりの風景が見られるならわざわざ足を運ぶ価値はありそうだ」

興味津々に言われる。

「そういうニュースは聞いたことがないので、しばらくなさそうですね……」

「あってもＮＡＳＡが隠すわ」

あたしはさらに考え、提案を続ける。

「水族館に行きましょう」

「楽しいのか？」

「え、行ったことないんですか？」

「小さな頃には親に連れられていっただろうが、昔のことすぎて記憶にない」

「じゃあ、行ってみましょうよ！　絶対楽しいですよ！」

思わず笑みが零れてしまう。

「お前がそこまで言うのであれば」

ベッドの上で左右に揺れながら答えてくれる。

ぱっと道が開けた。迷子の元に頼りがいのある警察官の制服を来た大人が現れたような気分だ。

水族館で、生きていたら楽しいこともあると思わせたい。

あたしは、すぐさま水族館のことを携帯で調べる。

意外と近くに大きめのそれがあった。平日だからきっと空いてるだろう。

早速支度をして、出かけることにする。


地下鉄の中で、五、六歳の男の子が靴を履いたままシートにのぼって、ぴょんぴょんと跳ねてはしゃいでいた。母親の隣で。

「あの母親はどういう気持ちで、我が子を見守っているのだろうな」

射貫《いぬ》くような目で見つめていた。

子供を作ることはカブトムシを飼うのとは違うという話は聞いていたが、他人の子供まで疎ましく思っているようだ。

「と言いますと？」

「すくすく元気に育って嬉しい気持ちなのか、やんちゃに育ちすぎて気まずい気持ちなのか」

「どちらかというと前者では？　気まずかったら、静かにしなさい、と咎めそうなものですし」

あたしも甘く育てられた側なので、小さい頃はあんなふうに無邪気でいたかもしれない。

「あの子供が跳ねて占拠しているぶん、私とお前が座れないでいるのに、嬉しいのか。わけがわからん」

「あたしたちのことまでは考えてないですよ」

「そこまでして、他人の居場所を奪ってまで、子供を産みたいと思うのか？　私には理解出来ない」

「子供が嫌いなんですか？」

そう尋ねると、見えないはずの空の彼方《かなた》に目を向けた。

「そうだな。少子化は憂えているが、子供は嫌いかもしれない。欲しいと思ったことがない。作ろうだなんて気は起きたことがない。そんな責任を人生で負いたくない。よく、うちの子供の写真見ますぅ？　と携帯を見せられるが、私には赤子の顔などどれも同じように見える。あいつらはうちの子が一番可愛く見えているのだろうがな」

「十郎丸さんのようなひとも、いざ子供が出来ると溺愛するって聞きますよ？」

「馬鹿な」

唾でも吐くように一蹴される。

「私だけはその我が子がこの世で一番可愛いブームは発動しないよ」

「例えばですが、生まれてくるのが子猫だったらどうですか？」

そんな、もしもをぶつけてみる。

「自分のお腹の中からか？」

「そうです」

「あれ？　発動する！　写真も、うちの子見ますぅ？　と見せたくなる！　うちの子が一番可愛いと思える！　なんだその人生観を変えてくるほどの例えは⁉　お前、すごいな、天才か」

なんだそれ。鼻息荒く、謎のテンションを見せてくる。

混乱しているようだが、褒められているようだ。

「だから十郎丸さんも大丈夫ですよ」

「いや、例えが極端すぎる。間をとって、チンパンジーぐらいで考えよう。ほら、その謎のブームはさっぱり発動しなくなった」

「まあ、赤ん坊はほとんどお猿さんのようなものですからね……」

「しかし、あのような子供も気づいた時にはこの世界に放り込まれている。それはすごく残酷なことだと思わないか？　勝手に死へのスタートを切らされているなんて、あの子供も思ってもみないだろうに」

哀れんだ目で、はしゃぐ子供を見ていた。

生まれてくることとは、そんなに残酷なものなのだろうか。

友達の家に遊びに行ったら、必ず十五時にはお母さんがお菓子と紅茶を出してくれた。その顔は常に綻んでいて、幸せそうだった。自分の娘が友達を家に連れてくる、それだけで嬉しいものなんだとあたしはあの笑顔から感じていた。逆も然《しか》りだ。うちの親も、見たこともない隠された高級菓子を開封するのだ。

そんなあたしには十郎丸さんの見えている世界が一生理解出来そうにないが、その考え方にも慣れてきて、そこまでの寂しさは覚えなくなっている。

最寄りの駅で降り、水族館を目指し歩いていく。

「ここですね」

シックな入り口で、小洒落ている。

それをくぐり、十郎丸さんがふたりぶんのチケットを購入してくれた。

案内カウンターにあったパンフレットを手に取り開く。

「何があるというんだ？」

「色々ありますよ。まずは普通にお魚を見ましょう」

「それは果たして楽しいのか？」

「もちろんです。ここの魚たちは綺麗にライトアップされてるらしいんです。アートですよ。十郎丸さんもアーティストの端くれ、感じ入るものがあると思いますよ？」

十郎丸さんは、ちょっと怪訝そうに眉を顰《ひそ》めた後、

「お前がそう言うなら見てやらないでもないが」

と諦めたように言った。

「案内に沿って進みましょう」

まず薄暗く、宇宙船の中のような場所に入る。魚の泳ぐ水槽はまるで窓から見える星空だ。

そんな日常とはかけ離れた世界に来られただけでも、充分良かったと思える。

あたしは、すごいですね、可愛いですね、変わってますね、と感想を言いながら先へ進む。

果たして十郎丸さんは楽しんでくれているだろうか？　仄《ほの》かに照らし出された横顔は、いつもよりムスッとしているように見える。

　不安に思っていたところにクマノミが現れる。これは誰の目にも文句なく可愛い。

「クマノミですよ！　映画の主人公にもなった！　知ってますよね？」

　あたし自身が、ふわーっと体から力が抜けて、崩れ落ちそうになる。こんな人間の煩悩にヒットする愛らしい模様で生まれてくるなんて、奇跡のような生き物だ。

「ああ、戦うやつな」

「いや、ファイティングじゃなくファインディングです」

「そうか。闘魚といえば、ベタだものな。なぜベタじゃないんだろう？　と不思議に思っていたよ。ベタはいいぞ。なんと言ってもコップひとつで飼える。特殊なエラで、水上の空気を吸い込んで呼吸することが出来るから、水をろ過する必要もないのだよ。そして温度の変化にも強い。学生時代の友達が言っていたのだがな、冬場、水面が凍っていたというのに平気で生きていたらしいぞ？　すごくないか？　ただな、鏡だけは見せるなと言われた。何が起こるかって？　鏡に映った自分を別のオスだと思い、ヒレを大きく広げて水槽に頭突きをしまくるらしい！」

　クマノミの可愛さを前にベタの気性の荒さで盛り上がる十郎丸さんの感性が心配だ。なんなら、こんな来場者を前にしたクマノミのメンタルも心配だ。ごめんよ、クマノミ。

「どうした？　先に進もうではないか」

まるでクマノミに興味を示さなかった十郎丸さんのお眼鏡にかなう魚などこれから現れるのだろうか。

だが、神はあたしを見放さなかった。

次なる水槽には、砂からにょろにょろと頭部を覗かせている細長く愛らしい生き物の軍勢が。そう、チンアナゴだ。

テレビのニュースでも見たことがある。今、ブームが来ていると。

「どうですか⁉　癒やされませんか⁉」

今度こそ共感を得られる自信がある。きゅんとした表情を見せておくれ。期待は最高潮だ。

「そうだな……」

ぼーっと揺れるチンアナゴを前に片目を覆っていた。これはまずい合図だ。

「私だってな、水の中で穏やかに揺れる魚を飼って癒やされたいと思ってすがった時期があった。ただ本格的に始めようとすると、ろ過装置やヒーターが必要になるし、水の交換や定期的な掃除など、維持も大変だ。そこまで面倒を見切れるかというと不安だった。そんな時に駅の売店で見つけたのが、手のひらサイズの卓上アクアリウムだ。これにはなんの装置も要らない。一日二回餌をやるだけでいい。中には一匹のアカヒレが泳いでいた。私はこれをいたく気に入って、作業デスクに置くことにした。やはり、自分ひとりじゃない、というのは精神的にいいものだった。私は孤独ではなくなった。しばらくは調子よく仕事をしていたよ。しかしな、一週間ほど経つとアカヒレの体が曲がってきたのだよ。まっすぐにならない。たまたまこの一匹が異常だったのかと思い、私はもうひとつ買ってきた。作業デスクにはふたつのアクアリウムが並び、二匹のアカヒレが泳ぐことになった。一匹は曲がったままな。だが、一番起きて欲しくないことが起こったのだよ。一週間ほど経つと、もう一匹のアカヒレも曲がってきたのだよ。まっすぐにならない。つまり、二匹とも曲がった体で泳いでいるのだよ。その挙動もおかしいのだ。ずっと壁に頭を押しつけているように泳ぐのだ。体が曲がっているからだろう。その時期、私は精神科に通う日々でもあった。ということはどういうことかわかるか。つまりは、この部屋に生きている生物、すべてがおかしくなっていたのだよ！　二匹のアカヒレも！　私の頭もだ！　癒やされようとしてすがったはずなのに、正常なものがなにひとつない恐ろしい空間と化していて私は戦慄したよ。ただ、理由はあった。商品のホームページを見て、すべては氷解した。なんと、一時的な飼育を前提に開発されております、すぐ大きな水槽に移し替えてくださいと注意書きが書いてあったのだよ！　要はその中で成長させてしまったために起きた悲劇だったのだよ！　信じられるか⁉　それで手のひらサイズの卓上アクアリウムなどと謳《うた》うな！　詐欺のようなものだろ‼」

喋る仕事をしているわけでもないのに、よく一度も嚙まずにそんな恨み言を早口で言えるものだと感心さえしてしまう。

このひとの人生には、どれだけ負の連鎖が続くのか。自ら引き寄せているのではないかと思うほどだ。

チンアナゴのメンタルが心配だ。

どうして、忌々しく呪いのような言葉を吐かれ続けているのだろう、と思ってやしないか。

「お前たちは可愛いよ」

チンアナゴたちに伝える。

「会話が噛み合っていないぞ」

「ベタを飼えばよかったのでは？」

「アカヒレのほうが可愛いのだよ」

「そうですか……」

進むしかなさそうだ。

パンフレットには、ジェリーフィッシュコーナーとある。

「次はクラゲを見ましょう」

「それは果たして楽しいのか？」

「もちろんです。ふわふわ浮遊して生きているんですよ？　十郎丸さんもフリーで仕事をしている端くれ、感じ入るものがあると思いますよ？」

「お前がそういうなら見てやらないでもないが」

さらに暗い、深海のようなスペースに入る。

半透明なクラゲが無数に泳ぐ光景も、うっとりするほどの異世界だ。

「ほう」

あたしを抜いて、十郎丸さんが先にクラゲの漂う水槽に辿り着いた。

今までのどの魚より食いつきがいい。やった。ついに心を開かせたぞ。最早《もはや》手のひらの上で転がしている状態なのではないか。

「いいですよね、クラゲ」

隣に立ち、当たり障り無く同意を求めてみる。

「ああ。生まれ変わるにはクラゲはいいぞ。オススメだ。グッドチョイスだ」

いや、そんな望みを伝えたわけではない。

「転生したいランキングでも絶対上位だ。もちろん生きることに疲れ果てたひと対象のアンケートだぞ？」

世も末のアンケートだ。

「なんといっても脳がないところがいい。つまり巻き起こる出来事に一喜一憂しなくていいのだ」

「感情がない、ということですか？」

「そうだ。お前はアイスだと思って飲んだコーヒーがホットだったらどうする？」

「熱！　ってなって、吹いてしまうでしょうね」

「その後は？」

「なんでアイスだと思い込んでいたんだろう？　と考えますすね」

「冬のオープンテラスだというのにな。どれほど馬鹿なんだと己を恥じるだろう？」

いや、そんな前提はなかった。

「だがクラゲは何も思わない。熱！　と吹いてお仕舞いだ。恥じたり、後悔したり、不安になったり、期待したりしない。全ての行動は反射によって起きているからだ」

なるほど、と素直に返せないほどまどろっこしい例えだ。

「死んでも、水に溶けて消えてなくなる。検死も葬式も特殊清掃員も要らないのだ。去り際も素晴らしい。次の人生がクラゲだったら当たりだぞ。だが、それを喜ぶ感情はないがな」

あたしはまったく、人間で構わないのですけど。

その言葉は飲み込んだままにしておいた。

クラゲゾーンを見終えたところで、携帯で時間を確認する。

「次はなんなんだ」

「イルカショーです」

「それは楽しいのか？」

「もちろんですよ。イルカはあたしたちと同じ哺乳類ですよ？　その頑張ってる姿を見れば、十郎丸さんも哺乳類の端くれとして……」

「端くれという言葉――!!」

突然天井を見上げて叫んだ。

「天に何か？」

覗き込むが、暗くて何も確認出来ない。

「お前の真似《まね》だ！　お前の中で端くれという言葉は褒め言葉にでもなっているのか！　端く

れ、端くれって、死のうとしている奴に一番言ってはいけない言葉だろ‼　取るに足らない存在ではあるが、一応その類に属している者、という意味だぞ⁉　自分を卑下して指す場合にしか使わない‼」

確かに。よく考えてみると、その通りだ。

「すみません、親の影響かな……ヒラメの縁側をお父さんが、いい端くれだと言って食べていたもので……」

「端ではあるが、端くれではないわ。だったらフカヒレとかどうなるんだ」

「あれは最高の端くれだと」

「なかったら泳げないぐらい大事だ」

「あれ？　本当だ！」

「どんな親だ。びっくりするわ。最初のアーティストの端くれってのが一番気に障ったからな」

ひたすら頭を下げる。顔から、汗が水滴になって滴り落ちそうなぐらいだった。

そうか、ずっと不機嫌に見えたのは、あたしのせいだったのか。

本当、なんだったんだ、時椿家よ。

二　イルカショー

イルカショーの会場は巨大なすり鉢のようだった。

大きな円形のプールはアクリルのフェンスで囲われていて中が透けて見える。客席は段々になっていて、どこからでも問題なくショーを見られそうだ。

左端の通路を進み、ちょうど真ん中辺りの椅子に座る。

平日だからか、ほとんど空席だった。

「もっと前に座らないか。私は映画でも花火でも一番近くで見たい派なのだ。もちろん、理由はそのほうが刺激的だからだ」

「イルカは爆発しませんよ」

「そんなのわかっている。どんなトラウマを植え付けてくるショーだ。精々水が跳ねてきて濡《ぬ》れる程度だろう」

「それが厄介かと思ったんですけど」

あたしは眼鏡だし、水がかかるとすぐ眼鏡拭きで拭わなくては跡が残る。

「構わない」

じゃあ、と最前列に座り直す。

男の飼育員が現れて、まずイルカの紹介を始めた。

「こちらがー、ジョニー！　こちらが、ラディー！」

あまり個体差がない上、ぐるぐる泳いでいるので、覚えられそうにない。

「イルカはー、海棲《かいせい》哺乳類に分類される生き物でーす！　じゃあ、その中に何があるのか知っているかなー？　ジョニーやラディーぐらいの大きさだとイルカになりまーす！　ですがー、同じイルカでも、大きくなると、なんとクジラになりまーす！　みんなも食べたことあるよねー？　そう、あのクジラでーす！　その中間くらいのものがシャチになりまーす！　実は三つとも大きさが違うだけで、同じ生き物なんですねー！　知ってましたかー？」

「さらっと狂気をぶっ込んできたな」

「そうですか？」

「トンカツ屋の看板に笑った豚が描かれてるような類いのな。あるいは、語り継いでゆくべき罪の告白か。どちらにしろ狂気を感じる」

「では、ショーの始まりです！」

クラシカルなピアノの旋律が流れ始めると、天上から螺旋状のシャワーが降り注ぐ。それにライトが当てられ、幻想的に彩られる。

今時のイルカショーがこんなに凝っているとは知らなくて、それだけで感動してしまう。

音楽が盛り上がり始めると、ぐるぐる回っていたイルカはジャンプをした。

派手に着水し、水しぶきがそそり立つ。

「すごく痛そうだな。人間がやると、お腹を打つやつじゃないか」

「まあ、人間ではないですし。きっとすごく皮膚が厚いんですよ」

回数を増すにつれ、それは大きいしぶきとなって体にかかるぐらい飛んできた。

「効率よく飛ばすように、訓練されているのだな」

「そんなことまで出来るなんて、頭がいいですよね」

「頭がいいだけに逆らえないのだったらどうする」

不穏なことを言い出す。

「いやいや、だったらやらないだけですし」

「やらなければ餌を与えられないのだぞ」

ふっと静かになり、照明が落ちる。

調整の取れていないような不安定なピアノの旋律がぽろぽろと聞こえてくる。

「我々も同じだ」

青白い光が天井から差し込んできて、それが十郎丸さんの横顔を不気味に照らし出していた。

「なにがです……?」

恐る恐る訊く。

「このプールで泳がされているイルカと同じだと言っているのだよ。我々の生きる世界はこのプールだ。種として正しく生きなさい。正しく、子を産み、育てなさい。存続させていきなさい。よーし、よく出来ました。ほら、ご褒美に『幸せ』という感情だよ。たーんと味わうがいい。特に意味はないものだけど、これがなければ不幸になる。不幸にはなりたくないだろう？　『幸せ』はいいだろう？　だからちゃんと生きなさい。そうそう、いい子だねぇ……」

ピアノの旋律が高音に駆け上がっていき、色んな音がまぜこぜに爆発すると同時に十郎丸さんがあたしの前に立つ。光のオーラをまとって飛ぶイルカを背にして。

「そうして楽しませておくれ！　外側に居る私たちを！　永遠になぁ!!」

ざぶーん！　とものすごい音がして、水しぶきまで背景に加わる。

なんのショーだ。

音楽は緩やかで軽快なものに変わる。十郎丸さんも座り直す。プールではイルカがすいすいと泳ぎ、ジャンプを繰り返していた。

「ここからの視点は、その外の世界なのだよ。いわば神の視点なのだよ。あいつらを哀れに思う心は、ここからでないとわからない。『幸せ』が個にとっては、特に意味がないこともここからでないとわからない。そんなの癪《しゃく》ではないか」

何を言っているんだろう？

話の内容の解釈がまったく追いつかず、今発せられた言葉を頭の中で反芻してみる。

すると、背筋がぞわっとした。当たり前の風景をいちいち疑ってかかっていたら、そりゃ人格もねじ曲がって当然だ。

「次の世界は、こちら側だとでも……？」

「そんな保証はどこにもない。わかっている。けど、確認しにいくぐらいいいだろう？　この哀れな世界からの脱出に成功するかもしれない。結局のところ、我々人間は人間の感知出来る世界しか知り得ないのだよ。要は、あのイルカたちだって、死を選べば、我々のように映画を観て泣いたり、お笑い番組を見て笑ったりする人間に生まれ変われるかもしれない、ということだ」

「駄目ですよ……」

それだけは阻止せねば。あたしの役目だ。

「どうして」

そこまで悟っている人間に対して、自分なんかの言葉が響くわけないとはわかっている。けど、言うしかない。

「せっかく出会えたのに、もう会えなくなってしまうじゃないですか……」

「お前は、私をこの世に繋ぎ止めるに足る価値のある人間だとでもいうのか？」

「…………」

あたしはなにも答えられない。そんな価値があるわけがなかったから。

まだ何も知らない、世間の厳しさとか、生きる苦労とか、あるいは喜びとか、報われた瞬間とか。

圧倒的に無知なあたしにあるはずがないのだ。

泣きそうになり、俯いてしまう。

イルカはまったく暴れることもなく、静かにプール際に浮かんでいた。

その顔は、慈悲に満ちた仏のように見えた。

時たま大きな音を立てて、頭の上の穴から呼吸をする。

握手も出来ますよ、と言われたので、そのヒレに触ってみた。

人間と同じように温かかった。

「こうして、プール側の生き物と接触も出来るのだ。もし、私が外側の存在となれた暁には、時椿くん、お前にだけはなんとか知らせようと思うよ」

唐突に振り返られ、謎の決意を表明される。

「なにをですか？」

「外側の世界の存在や話をだ。ひととは何か。なんのために生きるのか。魂の仕組みとは。世界はどのような形で存在しているのか。そういった事柄の答えだ」

そんな難しい話にまでイルカから発展してしまった。

あるいは、あたしにその読解力があるかどうかの問題かもしれない。

「上手く伝えてみせよう。トレーナーだって、イルカとは意思疎通を行っているだろう？　でなければこんな自在に操れまい」

なるほど。

「神の啓示のように突然お前の目の前に現れることになるぞ。かつて私だったものからのメッセージがな」

それはなんとなく、霊的な現象のようで想像するだけで恐い。

知らないままでいいので、やめて頂きたい。

「結局のところ、人類はこの次元のことしか感知出来ない。そろそろ次の世界に進む者が現れてもいい頃ではないか？　次の世界に進んだ存在に、実は世界とはこんな形だったんだよ、と教えられてもいい頃だ。それを否定する人間もたくさん居るだろうが、そういう意見を積み重ね、我々は世界の本当の姿に近づいていくのではないか？」

と言われましても、といった感じだ。こんな小難しいことを話すのに慣れていない。

「まるで哲学者のようなことを考えるんですね」

哲学。それはもしかしたら、十郎丸さんの高度でよくわからない思考や発言を解き明かす手がかりになるかもしれない。

「哲学？　知らんよ。勉強は大嫌いだと言っているだろう」

光のような速さで否定される。確かにそうだったと己の愚かさを突きつけられる。義務教育に哲学という科目は存在しない。

「それにしても、客は赤ん坊を連れた母親だらけだな。その組み合わせ以外を見ていない」

「確かに」

イルカに触る前の客も、後ろで待っていた客も、両方、ベビーカーを押した赤ん坊連れの母親だった。

「ここだから来たのか、こんなところぐらいしか来るところがなかったのか、どっちなんだろうな」

「もちろん前者です」

「子育てしたことがない癖に言い切るのだな。案外、赤ん坊を連れての娯楽なんか、選ぶ余地がないのかもしれないぞ？　赤ん坊にとって遊園地は危険すぎるし、美術館は高尚すぎる。映画館なんかもってのほかだ。泣かれた日には外に連れ出さなければいけないからな。つまり後者だ。動物園でも、この赤ん坊連れの母親だらけの光景は見られるはずだ」

「そんな赤ん坊を足かせみたいに言わないでくださいよ」

「実際私のタイムラインでは足かせのように扱われているが？」

どんなひとたちをフォローしているんだと辟易《へきえき》する。だが、またも、あたしはいいことを思いつく。

「そこに登場する赤ん坊も、全部子猫だと思ってみてください」

「タイムライン上のか？」

「そうです」

「あれ？　大変でも、みんな頑張ってるように思えてくる！」

「ここに居る赤ん坊も、全部子猫だと思ってください」

「あれ？　来たくて来てるように思えてくる！　子猫がイルカと触れ合うなんて最高じゃないか！」

「でしょ？」

「やめろ！　その謎の置き換えシステムを駆使してくるな！　机上の空論が過ぎる！　そもそも赤ん坊は猫にはなりえない！」

そう言って、両手で頭を抱えてよろめく。珍しく錯乱状態だ。その姿は愛らしい。

「でも価値は計り知れるでしょ？」

「そんなことはない。まったく関係のない話だ。どいつもこいつもやれやれと思って生きているに違いない」

危なかったとばかりに乱れた髪を手で整え、いつもの堂々とした表情に戻る。

あたしはものすごいシステムを生み出してしまったのではないか？　と興奮を覚える。

なんと、このあたし発案の子供と猫を置き換えるシステムを駆使すれば、猫好きの自殺志願者はすべて阻止出来るのだ。

そう錯覚するほどに便利だと思った。

そのためには、あたしが傍らに居続ける必要がある。

だが、いつまであたしはこのひとに付き合っていられるのだろうか。

このひとのために、すべてを投げ打つことなど、もちろん出来ない。

いつか、あたしも自分の生活に戻らなくてはいけないからだ。

三　たまのご褒美

駅までの間にあった、特にこれといった特徴もない定食屋に入る。

メニューを見ると、和食から洋食まで、豊富に揃《そろ》っている。案外当たりかもしれない。

「私はカキフライ定食にする。水族館の帰りに海鮮を選ぶという、ひとの愚かさを見せつけてやろう」

「誰にですか……」

「居るか知らないが、プールを外から見ている者たちにだよ。もしひとりだけ選ばれて連れていかれるとしたら、こういう働きかけをしている者だと思わないか？」

「思いません」

あたしは無難にカレーライスを注文する。

「生き物を避けたつもりかもしれないが、何かしらの肉は入っているからな」

嫌な指摘をしてくる。

「日々、生き物は食われるために殺されている。臭い物に蓋をするように秘密裏に行われているがな。人とは罪深い生き物だよ。あのトレーナーが罪の告白をぶっ込んでくる気持ちもわからないでもない。矛盾していることに気づきつつも、走らなければいけない狂ったレースのようでもあるな、人生は」

「そこまで悪いものでもないと思うんですが……」

「みんなにとってはいいのだろうな。以前保険会社の広告に、『今は幸せだけど、この先どうなるか心配』というキャッチコピーがあって、現状が幸せであることがマジョリティであることに衝撃を覚えたものだよ。それを見るまではそんなことは知らずにいた。普通のひとはそこそこ幸せに過ごしていたとはな」

カレーライスはすぐにやってきた。

程なくして、カキフライ定食もやってくる。大ぶりのカキフライが四つに、タルタルソースと千切りキャベツが盛られていて、美味しそうではあるが、実はあたしはカキが苦手だ。生臭い味とどろどろとした食感に抵抗がある。

「いただきます」

あたしは手を合わせてから、カレーライスを口に運ぶ。チェーン店でも食べられそうな額面通りの無難な味だ。

「む」

十郎丸さんが唸る。

「どうかしましたか?」

「まだ食べていないのだが、歯を当てた時点でこれまで食べてきたカキフライとは違う」

「どういうことですか?」

「パン粉からして違うのか。ものすごく香ばしい香りがした」

「じゃあ、ものすごく美味しいかもしれませんね」

「どれ」

さくりとここまで噛む音が聞こえてくる。

「なんてミルキーさだ。ここに来て、人生で一番美味しいカキフライに出会ってしまった」

「ほら、人生にはいいことあるじゃないですか！　美味しいものを食べる喜び、それもそのひとつです！」

ここぞとばかりに攻めに転じる。カキが苦手なあたしが言うのも説得力がないけれども。

「だがな、この法則も私は知っているのだよ。ひとは絶望しすぎると死んでしまうから、こうしてたまにご褒美をくれるのだよ。まさに生かさず殺さずの状態が人生だ。だが、こんな小手先のご褒美にほいほい釣られて意思を曲げるような私ではない」

なんて頑固さだ。

「美味しいもの、ほかにもたくさんあると思いますよ？」

「そうだろうな。だが、私にとっては、どうでもいいことだし、興味も湧かない。今も当てつけでカキフライを選んだに過ぎない。食べたいと思ったわけではない。ただ、空腹のままだと辛いから食べただけだ。味なんてどうでもよかったのだ。そうだな、こんな美味しいものはお前が食べるべきだ。食べかけだが、そのカレーと交換してやろう」

手で制し、待ったをかける。

「どうした」

「いや、実はあたしカキ苦手で……」

は？　と漫画のような白い目で見られる。

「それでよくここぞとばかりに攻めに転じてきたものだな。自分で言っておいて説得力がないな、と感じていただろうに」

頭で考えていたことをそのまま言われて、浅はかな自分が恥ずかしくなる。

「ものすごくミルキーなのに」

「カキにミルキーさを感じたことはないので……」

「それは正しい。乳脂肪分など入っていないからな。海のミルクという呼称から来るただの偏見だ。世の中は偏見に満ちている。その代表のようなものだな」

食べ終え、十郎丸さんが精算してくれる。

レジからは、厨房《ちゅうぼう》がわずかに見え、白いエプロンをつけた調理師の姿も確認出来た。

「ごちそうさまでしたー！　人生で一番美味しいカキフライでした！」

元気にそう言うので、あたしも釣られて会釈だけをしておく。

調理師は、またのご来店をお待ちしております、と笑顔で返してくれた。

「どうしていつもあたしの前では言わないんですか？　いただきます、とか」

外に出てから、あたしはそんな疑問をぶつけてみる。

「提供してくれた者に言うべきだからに決まっているだろ。お前の手料理を食べた記憶なんてないぞ」

「あれ？　そうでしたっけ？」

トーストを焼くぐらいでは手料理としてカウントされないようだ。

「そうだ。この私が忘れるわけがない。それは大事なことだと思っているからだ。世はお客は神様だ、みたいな考えが蔓延《はびこ》っているようだが、お金を払おうとも、作ったり、提供してくれたりした側には感謝すべきだ。コンビニのレジでだって、私は常にありがとうと言う。商品を袋に詰めて、会計をして、釣り銭を渡してくれる、そこまでさせておいて無言で立ち去るなんて失礼は出来ない。相当深刻な何かを考えている時は忘れることもあるかもしれないが、死ぬことを決断した日ですら私は言っていたぐらいだ。ごちそうさまでした、ありがとうございます、とな」

十郎丸さんは自分の中でのルールを徹底して守って生きているひとのようだ。紆余曲折《うよきょくせつ》を経て、今のふたりの絶妙かつ、微妙な関係があるわけだけど、さらにどこかへ前進した気がする。悪い方向へではない。いい方向へとだと信じたい。

帰宅すると、十郎丸さんはそのままベッドしかない部屋のベッドに倒れ込む。つまりはどこに倒れ込もうともベッドなのだ。

「生きるとは、それだけで莫大《ばくだい》なエネルギーが必要だということはわかっていた。これだけ出歩くだなんて、想像もつかなかったが、恐ろしく疲れた。家が一番だな、という旅行帰りの父親が言うお決まりのセリフもわからなくもない。家が一番だ」

だがここはあたしの家だ。

「水族館はどうでしたか？」

答え合わせの質問を投げかける。

「どうでしたかと訊かれても、なんの感想も出てこないぞ。何を期待しているんだ？」

正直、ショックだ。あたしはこのひとを前に何度ぼろぼろに傷つけばいいのだろう。あたしの苗字が面白いという理由だけでなく、少しはあたしと過ごす時間を楽しいと思って付き合ってくれていると思っていた。あたしひとりが全速力で走って、相手はただただ引きずられてここまで来たというのだろうか。

だが、まだ猶予は二日ある。

救急車のサイレンの音が聞こえてきた。あるいは、消防車かもしれない。そこまで思考が回らないほどに疲れ切ってしまっている。

「明日はどうしましょうかね……」

気を取り直し、うーんと唸りながら考える。

「そんな懸命にならずともいいだろうに。二日後にこの世界の私は終わる。それはすごく平和的解決ではないか。お前はたちどころに解放され、日常に帰っていける。勉学に恋にと励むことが出来る」

十郎丸さんは突っ伏したまま話し続ける。死ぬことが解決だなんて早計過ぎる。何を犠牲にしたって助けたい。

あたしはその隣に子供を諭す思いで座り込む。

「駄目ですってば」

その腰にそっと手を当ててみるが、驚くほど細かった。モデルでも通用するぐらいだ。

十郎丸さんは身じろぎ一つしない。枕に顔を埋めたまま窒息死してしまうんじゃないかと心配になるほど。

「何が駄目なんだ。その世界を想像してみろ。ただの数日一緒にいただけの人間が居なくなろうとも、特に支障はなかろうに」

今日まで一緒に過ごしてきたというのに……。あまりに痛切に響いて、全身から力が抜け、それこそクラゲのように、水に溶けて消え去ってしまいそうだ。

「許さないですってば」

「許すべきなのは立場的にこちらだぞ？　お前は被害者に過ぎない」

まるで責め立てられるように言われる。

どうしてこんなにままならないのだろう。あたしの気持ちなんて微塵も伝わっていないかのようだ。結構必死に頑張ってきたつもりなのに。

「だって、こんなに仲良くなったじゃないですか」

「どこがだ。お前は私の気持ちのひとかけらも理解出来ていない」

枕に向かって、まるで階下の住人に伝えているかのようだ。

「いや、大変だなって思ってますよ」

がばりと顔を上げ、こっちを片目で睨んだ。もう一方の目は震える手で覆い隠す。その瞬間、あたしは後悔した。

「結局私が理不尽に思うのはそういうところなのだ。いくら私が私の生きている世界の大変さを言葉にして説明しても、他の奴らからすればそれは等しく他人事《ひとごと》なのだ。対岸の火事なのだ。精々、大変そうですね、と同情されるだけなのだ。なぜこの大変さを誰も感じていない？　なぜそれを相談する相手もいない？　なぜそんな駆け込み寺がない？　なぜ世の精神科や心療内科は私のような人間を救ってくれない？　あいつらは口を揃えてこう言う。ちゃんと朝起きて、日の光を浴びて、適度な運動をしましょう、と。それが出来たら充分元気だわ。それすら困難なことをどうして理解してくれない？　古代や中世ならわかるが、この現代においてだぞ。この悩みは私が死ぬまで続く。死に至るまでの病とも言えよう」

それは散々聞かされてきたことのまとめのような文句だった。

「ブラックな企業に勤めているわけでもないのに、なんだこの生きづらさは……」

まったく。あたしには到底理解出来ない。特に病気でもないわけだし。

「人間はなんの意味も持たずに生まれて存在している。もっと明確に存在する意味を与えてくれればいいのにな。その意味のために永遠に終わらない仕事が詰まっているほうがまだマシかもしれない。私はあまりに自由すぎるのだ。自由すぎると何をしていいかわからない。それで思い悩むのだ。これではまるで自由の刑ではないか」

少しは理解して、幾ばくかは近づけたと思っていたのに。

それがまったく出来ていなかったことにまたもショックを覚える。ビルの屋上から蹴落とされた気分だ。

一緒に朝を迎え、一緒に遊び続け、同じ体験をして、同じ楽しさを共有して、一緒に眠りについて、絆《きずな》のようなものも生まれ始めていたと感じていたのに。

結局のところ、十郎丸さんの生きる世界の辛さは微塵も変わっていないらしい。

心がずきずきと痛む。こんな感情も初めて抱く。心の奥深くに鉛をそっと置かれたようだ。

どんな大きな風船なら、それを運び去ってくれるのだろう。


十郎丸さんは冷蔵庫からビールを取り出し、それをぷしゅと音を立てて開けていた。その光景にも慣れ始めていた。

「で、明日はどこに行くのだ?」

億劫《おっくう》そうに訊いてくるが、検索の成果ですでに決めてあった。

「遊園地に行きます。それと、もうひとつ寄りたいところがあります」

「盛りだくさんだな」

ベッドに転がり、携帯をいじっていた十郎丸さんから、「なあ」と声をかけられる。

「なんですか?」

「携帯の調子が悪い。調べたいことがあるんだが、貸してくれないか」

どうぞ、とロックを解除してから自分の携帯を渡す。

変なアプリはインストールしていないはずだから、恥ずかしいこともない。

「質素なホーム画面だな。自撮りアプリすら入ってないじゃないか。婚活アプリをインストールしておいてやろう」

「やめてください」

結構な回数タップされたが、返された後確認すると、ホーム画面は無事だった。

第五章　猫たちとの邂逅《かいこう》

一　人生辛度《しんど》

あれだけ昨日は遊んで疲れていたのに、起きたら回復していた。これこそ若さの賜と言えよう。

トーストを焼いていると、十郎丸さんも起きて、携帯をいじり始めた。

なんだか、こういう朝に慣れ始めている。ただ十郎丸さんと遊び尽くすだけの毎日。

それだけを取り出すと、あたしにとってはひたすら楽しい日々だ。このまま永遠に続いてくれてもいいいほど。それぐらい十郎丸さんと一緒に居ることは、かつてなく面白い。そんな日常に愛着すら覚え始めている。

だけど、忘れてはならない。今も十郎丸さんは死にたくて、あたしは少しでも彼女が生きることに興味が湧くものを探していることを。

あたしも普通の大学生の生活に戻らなくてはならないことも。

その時は、十郎丸さんとお別れになるだろうけど、たまに連絡を取り合える仲になれるといいな。アーティストであるということ以上に、自分とはまったく異なる価値観や感性に惹《ひ》かれ始めていることに気づいたからだ。

そんなことを考えながら簡単にメイクを済ませ、今日は動きやすい格好に着替える。十郎丸さんは相変わらずあたしの服で、あたしが絶対にしないコーディネートで着替えを終えていた。

電車を乗り換え、さらに乗り換え、最後はバスに乗る。

「どれだけ乗り換えるんだ。もはやちょっとした旅行ではないか」

窓を割る勢いで側頭部を当てて、呆《あき》れたように言われる。

「着けば楽しいですから、我慢してください」

「私が楽しいと思うものなど、この世に存在しないと言っているのにな……」

バスの座席は電車よりも狭く、十郎丸さんが今までになく近い。

今、国内で一番売れている作家さんとこんなふうに隣り合わせでいるなんて、やはりすごいことだ。

「何も言わず背もたれを全開に倒してくる奴をどう思う？」

特にこのバスはリクライニング機能はないようだが、目の前の背もたれを見てそう訊いてくる。

「自分も倒したらいいじゃないですか」

「お前は、全開で倒されたら、全開で倒すのか？」

「それは普通に」

「信じられない」

心の底から失望したとばかりに言われる。片目を覆っているから、また始まるようだ。やれやれだ。

「次の世界の新しい自分は私がふてぶてしい側になりたいものだ。人生はふてぶてしい者勝ちなのだよ。ひとにぶつかっても、すみません、と謝るより、何事もなかったように無視するほうが生きやすい世界なのだよ。気を遣う側はほんとに生き辛い。私は注文したメニューとは違うものが出てきても、文句も言わず食べる人間なのだよ。訂正すれば食品ロスにも繋がるし、なにより相手に過ちを犯した現実を突きつけてあげたくない、という気持ちからだよ。先輩から叱られ続けている毎日で、もう死にたいと思っている寸前かもしれないじゃないか。私の指摘がその最後の一押しになってしまうかもしれないということを考えてしまうのだよ。だったら目の前に出されたものを完食してやったほうが、誰も傷つかずに済む。たとえ、男性客が注文したご飯の特盛りが間違えて出てきたとしてもだ。特盛りのご飯を食べたことがあるか？」

「ないです」

むしろ、定食を頼む時はご飯は少なめで、とお願いするぐらい小食だ。

十郎丸さんは呆れ果てように深く息をつく。

「あれは、もはや食事ではなかったぞ。戦いだった。途中から変な汗をかき始めたからな。食べ終えた後は一生腹が空かないだろうなと思ったほどだ。新幹線の背もたれの角度、間違ったメニューを訂正するかどうか、特盛りでも食べきるかどうか、そういうたくさんのチェック項目を集めチェックリストを作ったら、人生がどれだけそのひとにとって生き辛いか、人生辛度なるものが計れるだろう」

「……しんど？」

「辛度は辛い度と書く。さらにそこに、個人差があるであろう重力や脳内物質の分泌量も掛け合わせる。それを明確に数値化出来れば、他人と比較可能になり、あなたの人生はとんでもなく大変ですね、とか、お気の毒に、とか同情してもらえるだろう。言葉上だけでなく、心の底からだ。何かを優先させてくれたり、割引になったり、手助けを借りられるような権利を得られるかもしれない。未来はそういうふうになるだろうし、あまりに未成熟な現代のヘルスケアに警鐘を鳴らしたい精神弱者なのだよ、私は」

　そう言って、伸びをする。

「もっと楽な生き方がありますよ、と言いたいんです」

「性分は死ぬまで変わらない。洗脳されたら変わるかもしれないがな。洗脳されてまで生きることに固執する意味がわからない」

　なんて極端な。でも、初めて会った時より、くるくると目まぐるしく表情を変えてくれる様はものすごく新鮮に感じる。

　それを見ていると、ふわっと気持ちがよくなる。この状態がいつまでも続いて欲しいと願うのは理性ではなく、本能からか。それはこのひとと居ることが心地よいというサインかもしれなかった。それもまた、新しい発見だった。

露店が並ぶ通りに入り、遊園地に来たんだという実感が湧いてくる。

そんなわくわく感を十郎丸さんも抱いてくれているだろうか？

その顔はいつだって毅然としている。悪く言えば心の余裕が感じられない。

顔を綻ばせたり、もっと緩めてくれたらいいのに。

二　電脳世界の傭兵《ようへい》

「こんな街中にあるのか」

「屋内型遊園地ですから」

入り口のドアをくぐって、まず入場パスを買うようにと案内される。

「これでいいのだな？」

十郎丸さんがあたしのぶんも買って、渡してくれる。

「はい。ありがとうございます」

それはＱＲコードになっていて、機械にかざして、入場する。

インフォメーションの棚からパンフレットを手に取り、広げて十郎丸さんに見せる。

「どれか、興味のあるアトラクションありますか？」

「興味があるものなど、この世には存在しない」

質問に対する、返答のスケールがでかい。

「でも、そうだな……強いて言えば、これがいい」

いつになく神妙な面持ちで指さしたのはＶＲのシューティングゲームだった。確かにそれは楽しそうだ。

エスカレーターで、上の階に上って、そのアトラクションの前に辿り着く。

平日なので空いているのだけど、それでもこのアトラクションは人気なのか、十人以上並んでいた。

スクリーンには説明の動画が流れている。ゴーグルをかけた参加者が何もない空間で銃を構えて撃つ姿はシュールだ。

「こんな未来まで来ていたのか。ＶＲ……つまり仮想現実へ行くということだろう？」

「まあ、そうなりますね」

「それは新しい世界に生まれるのと等しいぞ」

「そこまで未来には来ていないです」

説明動画を指さす。恐らく３Ｄモデリングされたキャラだと思う。下半身のないサイボーグのような姿だ。

「なんだ……思っていた以上に未来ではないな。朝起きてあの姿だったら、どっちかというとショックだ」

「それはショックどころの騒ぎではないですけど、ゲームの世界で戦うには充分じゃないですか」

「まあ、そうかもしれないな。だが事故でも発生して、電脳世界に閉じ込められたらどうする？　あの姿のまま帰ってこられなくなったらそのショックが永遠に続くぞ？　現実世界の自分が衰弱死するまで、あの姿なのだ。それはどんな毎日だろうな。まあ、戦うことしか出来ないから、戦いの毎日だろうな。すごい手練《てだ》れとなっていくのだろうな。電脳世界の傭兵として名を馳せることになるかもな」

　どんな想像力だ。アニメとか案外好きなんじゃないか、と思うぐらい子供っぽい。

「そんな事故が起きる未来にも来ていません。ゴーグルを外せばお仕舞いです」

「ゴーグル？　棺桶《かんおけ》のようなでかいデバイスの中に入れられるのではないのか？」

「そんな技術は開発されていません」

「なんだ。視覚だけなのか。まだまだだな。お遊びもいいところだ」

「遊びですから」

「ゲームでなくていいから、とっとと仮想現実に生まれ変われる技術を生み出して欲しいものだ。生まれてから、ずっと同じ容姿だなんて、なかなか辛いと思わないか？」

「あたしは別に。これでも気に入っているので」

　決して美人ではないけれど、整っているほうだという自負がある。それに関しては両親に感謝だ。容姿は完全に遺伝だ。

「そんな奴は居ない。どこかにコンプレックスがあるはずだ」

「ないですから」

「映画で女優さんを見ると、はっと息を呑むほど美人だと思わないか？」

「それは思いますけど、なってみたいとは思いません」

「なぜ」

「生活が大変そうだからです。どこに変なファンが待ち伏せているかわからないじゃないですか」

　そう正直に伝えると、顎を突き上げた。

「安心しろ。そういう奴はまず町を歩かない。信用の出来る会社のタクシーでのみの移動だ。自宅からテレビ局や、撮影現場に直《ちょく》だ。まずそこで振り切れる。生活も、警備員の居るセキュリティ性が極めて高いマンションだ。容姿がいいだけで、そんな場所に住める勝ち組だ。もちろん演技する努力も必要だがな。一方我々はどうだ。私に変なファンが居たとしたら、電車移動だから何かのイベント終わりにつけてくるだけで自宅がばれる。オートロックだが、警備員はいないから、別の部屋の住人と一緒に入ってこられる。郵便ポストの中も漁り放題だ。ゴミ置き場のゴミも漁り放題だ。このふたつが出来たら、何が可能になるかわかるか？　ゴミと住人を一致させられるのだよ。そういう変なファンは一体どのようなものを狙うと思う？　我々には想像もつかないゴミに価値を見いだすのだよ。下着を捨てるような馬鹿な真似はしないが、体液がついたものを漁られる。考えるだけでぞっとしないか？　それが毎晩のように続く。朝家を出たら鉢合わせ、なんてことも相手の根性次第では起こりえるだろうな。自分の出したゴミを漁っている男と出会うなど、幽霊と出くわす以上に恐怖だ。そうなれば引っ越しだ。私は引っ越しが大嫌いなのに、また部屋を探して新しい生活を始めなくてはならないと思うと面倒すぎて死にたくなる。なんて中途半端に恵まれた顔と才能なんだと思うよ。そうだな。お前ぐらい地味なほうが変なファンもつかずに平和かもしれないな。お前も勝ち組だ」

「最後に流れ弾――!!」

「天になにかあるのか?」

「癖です! いや、最後になんであたしの地味さを突きつけられないといけないんですか」

結構効く。

「言葉を選べ、ということか? 私はこれでも普段は気を遣って生きているのだよ。こういう場所だからかな、解放的になっていたことは謝ろう」

十郎丸さんはわざと誘導しているんじゃないかと思う。それは会った時からそうだ。あたしが責め立てているようになるよう仕掛けられているのだ。言葉のトラップだ。そういうことが出来るのも、年の功なのだろうか。あたしはいつまでたっても、ぽけーっと生きているような気がする。

「我々の番ではないか?」

言われて気づく。案内役のお姉さんが手招きしていた。

口頭で説明を受ける。相手を狙ってトリガーを弾く。柱には隠れられる。相手を多く倒したチームが勝ち。

その相手はというと、見ず知らずの親子だった。子供のほうは小学校低学年ぐらいの女の子だ。これは負けられない、と思った。

なにもない空間に踏み入り、ゴーグルとヘッドフォンを被《かぶ》らされる。

美しい夜の町が眼前に現れた。

「おお、すごいな」

ヘッドフォンから十郎丸さんの興奮した声が聞こえてくる。

「ですね」

目の前でカウントダウンが始まり、ゼロと共にゲームスタート。

夜の町がすぐさま光の銃弾が飛び交う戦場と化す。

ぼん！　と音がして、強制的にスタート地点に戻される。どうやら見えないところから撃たれて倒されたようだ。

十郎丸さんはというと、ふははは！　と笑い声を上げながら、夜の町をぴょんぴょんと飛び回っていた。

でもまあ、それが楽しいならなによりだ。あたしひとり、地道に敵を倒すことにする。

目の前でカウントダウンが始まり、ゼロと共にゲーム終了。

結果は、もちろん負けだ。あたしは健闘したが、十郎丸さんの倒した数はゼロだったからだ。

だがゴーグルを外した十郎丸さんは満足げだった。

「あんなに飛び回れるなんて、夢の中に居るかのようだった」

よし、という手応えを得る。

その後も、ゾンビを撃ったり、死んで骨だけとなった海賊を倒すゲームを続けざまにプレイした。

終えた頃にはあたしはぜいぜいと息切れを起こしていた。

「どれだけ必死なんだ。はっはっは」

とても愉快そうに笑う。

「そうですね……」

待て。よく考えると、十郎丸さんは一度として銃を撃っていない。

「撃たないと――！」

「なんだ、天になにかあるのか？」

「癖です！　しかも、三連続シューティングゲーム――！　腕が重い――‼　腕が限界――‼」

明日絶対筋肉痛――‼」

「なんだ、天になにかあるのか？」

「だから癖です！」

「そろそろ昼ご飯にしないか」

携帯で時間を確認してそう提案してくれた。

「助かります……」

園内のカフェで昼ご飯を食べることにする。

「さっき、笑ってましたよね」

料理を待つ間、確認してみる。あれはまさに喜と楽の表情だった。出会ってから一番手応えがあった。

「そりゃあ人間なのだから、少なからず笑うこともある」

「大笑いしてましたよ。つまり、楽しんでいるということですよね⁉」

興奮して前のめりになる。顔と顔を突き合わせる距離になる。

「滑稽さに笑っただけだぞ。いわば嘲笑だ」

あたしの顔を手で押して遠ざける。

決して、アトラクションでは楽しんでいない、という主張らしい。

あたしが滑稽な姿を晒したのは、アトラクションのせいだから、その主張は通らないぞ！

とあたしは心の中でひとり勝ち鬨《かどき》を上げていた。

おっと、それはまだ早いか。

なんと言ってもクライマックスはこれからだ。自然と笑みが零れる。

三　猫カフェ

幻想的な占いをしたり、ホステスになってみたり、疲れないで済むアトラクションをいくつか遊んだところで時間を確認すると、十六時を回っていた。そろそろ移動の頃合いだ。

「今度はどこに連れていくというのだ」

「それはですねー……」

伝えるのにも興奮が抑えきれず、無意味に間を置いてしまう。頭の中ではドラムロールが鳴っている。

「猫カフェです！」

じゃーん！　と音が鳴ると共に伝える。それがとっておきの隠し球だ。

「そうか」

十郎丸さんは顔色一つ変えないでいる。顔色一つ変えない標本として飾っておきたいぐらいだ。待て待て、そもそも標本の顔色は変わらない。変わったらホラーだ。

「先に言っておくが、どれだけ可愛かったとしても、私の意思は変わらないぞ」

虚勢にしか聞こえない。あるいは、犬の遠吠《とおぼ》えか。それぐらいこれから巻き起こる事態に弱腰でいる。

「まあ、それは行ってみてからのお楽しみ、ということで」

「はっ、まんまとそんな策に陥るわけがないだろう、この私が。ぶれることのない人間だ。メンタルは最強だ」

そんなひとが死のうとしてるのだから世も末だが、逆に言うと、すでにぶれている証拠だ。

ああもう、デレデレになる姿が今から想像出来て、にやにやが止まらない。

二十分ほど歩いて到着する。

「ここです」

小洒落たドアを開けると、さらにドアがある。猫が逃げ出さないように二重扉になっているのだ。

その狭い空間で受け付けを済ませる。

「まず手洗いとアルコール消毒をお願いします」

指された方向を向くと、洗面台があった。

順番に手を洗う。

「では、中に入りますよ？」

「だから、ぶれることはない。どんな猫であろうとな」

いつものように毅然とした振る舞いでいるが、猫の前でも果たしてその態度を維持出来るだろうか？　心を開いて、いつになくデレた表情を見せてくれるはず！

そう期待して、次のドアをくぐると、まず獣の匂いが鼻をつき、ワクワクしてくる。

視界に入ってくるのは、丸まった猫、猫、猫。

寝たままのも居れば、何事だ？　とこちらを向く猫も居る。

もう、それだけで可愛い。体の力が抜ける。骨抜きになる、とはこのことだろう。

あたしたちが突っ立っていると、スタッフが、こうして頭から撫《な》でてあげれば大丈夫ですよ、と説明してくれる。

「時椿くん、存分にやりたまえ」

子供をあやすような声。腕を組んで、完全に傍観モードで居る。

「あたしもやりますが、十郎丸さんもやるんですよ」

「いやいや、私はいい。そんなことに価値を見いださない」

「やってみれば価値が生まれますから。ほうら、こうやって」

床に膝をつき、そばに居た猫を頭の形に添って撫でてやる。

なんと大人しい猫だろう。まったく逃げる気配もなくされるがままで居る。

「十郎丸さんも」

そう促すと、渋々、別の猫に手を伸ばした。

だがその猫はすいと後ずさりした。

なんてことだ。

「こっちの子は、逃げないですよ！」

あたしが撫でていた猫を持ち上げ、十郎丸さんの前に置く。

それに手を伸ばすと、またもすいとスウェイしてかわしてみせた。

「帰っていいか……」

ショックを受けている！　あれほどぶれないと豪語していたひとが、ある意味ぶれている！

「他にも居ますから！　この子はどうですか？」

あたしは別の毛の長い猫を撫でてみる。気持ちいいのか、すり寄ってきた。

「ほら、人なつっこい」

「そいつはブルドッグみたいな顔して、不細工なんだが……」

えり好みしている場合ではないんですよ！　この際、顔の造形など気にしてはいられないんですよ！　と熱弁したいが、思うだけにしておく。

十郎丸さんが手を伸ばすと、ごろんと横に転がって距離を置いた。

「私はことごとく嫌われているようだな……」

「いや、お腹を向けたんですから、安心しきっているんですよ！　むしろ、今がチャンスです！」

今度こそと触れようとするが、もう一度転がり、そのまま起きてどこ吹く風と歩いていった。

十郎丸さんは手を伸ばしたまま固まっている。

その姿はおもちゃを奪い去られた子供のように哀れで、どっと嫌な汗が溢れてくる。

こんな事態が巻き起こるなんて、まったくの想定外だ。

なにかいい方法はないか、と辺りを見回すと壁に『おやつ３８０円』の張り紙が。なんて救いだ！

さっそくスタッフに話しかけ、小さなタッパーに入った猫用のおやつをもらう。

中を確認すると、鮭《さけ》と鮪《まぐろ》の切り身が入っていた。その匂いだけで、すでにわらわらと猫が集まりだしている。

この勝負、今度こそもらった！　握りこぶしを掲げる。

「十郎丸さん、これを食べさせてあげてください」

睨み付けるようにあたしを見ると、それを奪い取る。

中から切り身を取りだし、手のひらに載せ、床に近い位置でじっと待つ。

猫たちは遠巻きに眺めているだけだった。

「猫狩り族か！」

あたしは床を踏み抜く勢いで足を叩きつけ言い放つ。

「なんだ、それは？」

未知なる深海魚でも釣り上げたかのように訊かれる。

「いや、そういう一族がいたら、猫は近寄ってこなそうだなと思って……」

「じゃあそうなんだろう。私は猫狩り族なんだろう。猫を狩って暮らしているんだろう。皮で三味線を作って生計を立てているんだろう。猫の天敵とも言える存在なんだろう。履歴書にも書こう。特技、猫狩り。資格、三味線作り一級。自己ＰＲ、猫よけになる、とな」

「そこまで卑屈にならなくても……」

「お前がそうさせたんだぞ」

「いや、まさか、こんなひとが居るなんて……」

スタッフのひとたちも、軽く引いている気がする……。

「ある意味、選ばれしひとですよ……」

猫狩り族だなんて、自分で言っておいてなかなかのパワーワードを生み出してしまった気がする。

「なんの慰めにもなっていないぞ」

「そう……ですよね……」

本当、その通りだ。だが、なんて言えばいい？　フォローのしようがない。

「なんだ、ここは、カフェなのにビールがあるじゃないか。ビールを頼む」

やさぐれ始めた。

あたしはすみません、と頭を下げ続ける。

「謝られることは何ひとつされていない。お前が猫と戯れればいい。私はそれを肴《さかな》に呑む。そうして時間を潰そう。ひとりで居るよりは随分と有意義な暇潰しだ」

「はい……」

このミッションも失敗に終わったと、あたしは落胆する。

そこからはひたすら、猫じゃらしを使って、猫と遊んだ。

「あと、猫は狩る側だ。狩られる側ではない。どんな斬新な言葉だ。生まれて初めて聞いたし、今後も二度と聞くことがないだろう。どんな発想力だ。馬鹿か、あるいは天才か、どっちだ」

恐らく前者でしょう……。

そういえば、と思い出す。

「猫の長のニュース知っていますか？」

「ああ。猫屋敷に住む奴のことだろう？　そもそも猫の長ってなんだ。長なんだったら猫であるべきだろう。なんで人間なんだ」

「まあ、そう思い込んじゃってるんでしょう」

「で、それがなんだ」

「十郎丸さんが引き継いだらどうですか？　嫌でも猫まみれな生活になりますよ」

「何度も言っているだろう。自分の世話すら出来ない人間にそんなことは無理だと」

「そうですか……」


猫カフェを出たところで、夕飯にしたいと十郎丸さんが言い出した。

何か食べないことには家まで辿り着けない、とのことだ。

近くにあった海鮮居酒屋に入る。

あたしは天ぷらの盛り合わせとご飯を頼んだ。

「海老《えび》の唐揚げが二種類あるが、どっちがつまみ的なんだ？」

十郎丸さんは店員に訊いていた。

「あー、好みですね。ぱりっとしてるか、かりっとしてるかの違いで」

「小さいのがたくさんあるほうは？」

「どっちも、結構あります。集合体恐怖症のひとは見れないぐらい」

「じゃあまあ、川海老のほうでいい。後、西京焼《さいきょうや》きも」

ありがとうございます、と言って店員は去っていく。

「狂気をぶっ込んでくるのが流行りなのか？」

「はい？」

「言う必要もないことを言って引かせると商売が上手くいくという法則でもあるのかもしれないな。きっとないだろうがな」

先に瓶ビールだけが出てくる。

率先して、あたしがグラスに注ぐ。

「ビールは一口目だけに関して言えば、この世で一番美味しい飲み物だから、お前も二十歳を過ぎたら、つべこべ言わず一口ぐらいは飲んでみろ。今でもいいが」

「いやいや。そういう機会はこの先いくらでもあるでしょうから……」

海老の唐揚げが届く。

「言うほど、集合体ではないではないか」

それをぱりぱりとつまみ始める。

その後出てきた天ぷらの盛り合わせは、椎茸《しいたけ》、エリンギ、マイタケ、とあたしの好きなきのこだらけでぱっと選んだわりには大正解だった。

「あれ？　この西京焼き、すごく美味いぞ。そんな貧相なもの食ってないで、食ってみろ」

いや、好きで食べているんですが。

けど、分けてもらうと、確かにすごく美味しい。

「カキフライといい、今まで食べてきた中で一番美味しいラッシュだな。もうそういうのはいいんだ。いくら駆け込み乗車的に今生に未練を増やされても、時すでに遅しなのだよ」

そう言うと、ビールを一気に飲み干し、おかわりを告げた。


帰宅すると、十郎丸さんは部屋にダイブする。一瞬危ない！　と思ったが、ベッドしかないから、床やテーブルに体をぶつけるようなことはない。ベッドしかない部屋を駆使し始めている。

「子供が居たら週末になるたび、こんなふうに外に連れ出して遊ばせなくてはならないと思うと地獄だな」

顔を突っ伏し、昨日とまったく同じ画でそんな感想を述べる。

「でも、その子供を自分が飼っている猫だと思うと？」

がばりと顔だけ起こす。

「あれ？　遊ばせたい！　連れて行きたい！　やめろ！　その謎のシステムを駆使してくるな！」

十郎丸さんを混乱させるのは楽しくて、抑えきれず笑い声が漏れ出てしまう。それはまるでおもちゃにしているようで、不謹慎ではあった。

でも、その半分ぐらいは、十郎丸さんにとっても楽しい時間であったらいいのに、と切に願う。こんなに愉快で痛快な日々を健康なあたしですら知らなかった。それを引き出してくれたのは誰でもない、目の前に居る苦悩者だ。

あたしはテレビをつける。

今週は何かいいことありましたか？　で始まるドキュメンタリー番組が始まるところだった。

「今週も先週も先月も、去年もいいことなんてなかった。せめて、人生で何かいいことありましたか？　と訊いてくれ。こっちはそれすらも怪しいぐらいなんだぞ……」

こんな長閑な番組すらも十郎丸さんの精神を追い込むらしい。

常に死にたいと思っている十郎丸さんはそんな楽しさなんて微塵も感じてくれていないのだろうか。

だとしたら、それは本当に違う世界に生きているとしか思えない。

消音にし、他の番組を漁る。つかの間の静寂が訪れた。

そういえば、と思いだす。

「十郎丸さんが好きなダブルメタルのオススメのバンドを聴いてみたいです」

四　幸せ製造機

「やめておけ。そもそも音楽の趣味などひとに易々《やすやす》と教えるべきものではない。それは性癖のようなもので、ひとりでこっそり楽しむべきものだ。以前付き合っていた男から『普段、どんな音楽聴いてるの？　教えて』と訊かれたことがあった。理解出来ないだろうから嫌だ、と返したのだが、『激しい音楽ならなんでも聴けるから』と説き伏せられ、バンド名を教えてしまうことになったのだ」

しまった。核発射ボタンを押してしまったようだ。

それに匹敵するぐらい威力のある魔力を一瞬にして貯《た》めてしまったのか、わななく手で片目を押さえつけ、忌々しく語り始める。

「数時間後に『まずボーカルが無理』と引かれたよ。私から薦めたのであれば、その引き方は受け入れるよ。けど教えたくて教えたわけではないのだ。むしろ、こっちは教えたくなかったのだ。そっちが強引に引き出したんだろう。しかもなんでも聴けると豪語した激しいエクストリームな音楽だ。それ以来こっちは、そのバンドを聴く度に『まずボーカルが無理』と言い放ったそいつの顔が思い浮かんで嫌な気持ちになるのだ。向こうから土足でずかずかとひとの趣味に上がり込んできて一方的に蹂躙《じゅうりん》しただけで去って行ったのだよ。後悔しかなかったよ。それから私は誰にも音楽を薦めないことに決めたのだ。残念だったな」

あんぐりと口を開けたままで居ると、

「親とは良好な関係を崩さず維持してきていると話しただろ」

そう話しかけてきた。

「ええ」

携帯で、ヒットチャートのページを見せてくる。一位には今なおPassWordのShining

Wizardが鎮座している。

「これなんかも、自分のことのように喜んでいるはずだ」

「ちゃんと話してるんですね」

「いや。いちいち言わなくても、これぐらい目立つ仕事なら嗅ぎつけている。十郎丸という名前で仕事していることは知っているからな」

「それは自分の娘がこんな大きな仕事をしていたら誇らしいですもんね」

「微妙に苛立《いらだ》つのはそこなのだよ」

「は？」

なぜだ、ホワイ？　自分も成功して、それを親も喜んでくれているなら、十郎丸家にとって、それ以上の幸福はないではないか。当たり前すぎて、代わりたいぐらいだ。

「もし、小さい頃にピアノを習わせてくれていたとか、それによって今の仕事で私が成功している、というのであればあの頃はありがとうという気持ちが湧くだろう。だが、習わされていたのは習字と水泳だ。今の仕事に役立っていると思うか？」

字を書くことも泳ぐことも、作曲のお仕事とは関係なさそうだ。

「思わないです」

「だろう？　水泳は結構頑張ったから体力はついたかもしれないが、どちらの習い事も仕事とは関係がない。私は高校生の時に、自分でバイトをして、パソコンと音源を買って、独学で作曲を始めた。いわば、音楽の道を切り開いたのは、自分の力だ。違うか？」

「話を聞く限りではそうですね」

「なのに、私が成し遂げることをいちいち我がことのように喜ぶ。そもそも、私という悲劇の始まりは、親が私の了解も得ずにこの世界に産み落としたことだというのにだ。さらに、自分たちの幸せまで私に依存している状態なのだ」

「まあ、それが親というものでは？」

「それではまるで私が親の幸せ製造機のようではないか。私は親が幸せになるために産み出されたのか？　と思ってしまう」

「でも、元気な体に育ててくれたのも、義務教育を受けさせてくれたのも、ご両親ですし、音楽をやるきっかけとして、ご両親が聴いていたラジオとか、レコードとか、そういう何かしらの影響はあったはずでは？」

「別に狼に育てられて、自分を狼として信じて生きていてもよかったんだがな」

　そんなまた極端な……。

「お前は街頭インタビューで、親に言いたいことは？　と訊かれたら、臆面もなく『あたしを産んでくれてありがとう！』と言うタイプか。そういうことは社会に出てから言え。死にたくなることなんて山ほど巻き起こるからな」

　ここは、あのシステムを使うしかない。

「十郎丸さんがもし子猫を飼っていたとしましょう。その子猫が独学で作曲を始めたとしたらどう思いますか？」

「可愛い！　めっちゃ応援したくなる！」

漫画だったら斜線が走る勢いで、がばりと身を起こす。

「それと同じじゃないですか？」

「猫が作曲出来るわけないだろ！　だからそのシステムは空論が過ぎるのだ！　それで幸福を得られてもただただ虚《むな》しいだけだ！　事実、虚しいわ！　可愛い！　めっちゃ応援したくなる！　に使ったエネルギーを返せ！」

ごろごろと身もだえしながらそんな要求をしてくる。

「人間の子供でも同じことが起きていると思いますよ。そういうことにエネルギーを使いたくなるってことです」

「それは暴論だ。そんなものが、すべての人間の親と子に当てはまるはずがない。ネグレクトする親だって居るわけだからな」

「それを言ったら、ペットをネグレクトしてしまう飼い主だっていますよ」

「お前にしては抜け目がないな……」

どうしてだろう。いつも一方的に言い負かされているあたしだけど、このシステムを駆使すると十郎丸さんを怯ませる自信がある。そして、錯乱する姿はすごく可愛い。普段大人っぽい彼女が幼女に変身する。

「明日はどうするのだ？」

真顔になってあたしのほうを向く。先にそんなことを訊いてくれるとは思いもしなかった。

何かが結実しそうな、そんな予感を覚える。それぐらいの期待はしても許されそうな瞬間だった。

「まだ考えてませんけど、何かありますか？」

今度こそ素直に答えてくれるのではないか。だからそう訊き返してみた。

「あるわけないだろう。私に何を期待しているのだ？」

「ですよね……」

携帯で検索をしながらうんうんと唸っていると、

「海に行こうか」

そう十郎丸さんのほうから提案してきて、飛び起きる。

「海⁉」

どくどくと心臓目がけて、血が一気になだれ込むのを感じる。そのまま動脈瘤《りゅう》を作ってしまいそうな勢いだ。こんな若さでそれはごめんだ。落ち着け、どうどう、と自分をなだめる。

出会って初めてのことだったので、産んでくれてありがとうと親に感謝するほど新鮮に感じる。

「海だったら興味があるんですか⁉」

「いや、ことごとくだらなかった青春映画では、若者たちは海に行っていたな、と思ってな」

第六章　海を見に行く

一　ペーパードライバー

隣からいつもの長いため息が聞こえてくる。

睡眠薬を飲んで寝ると、副作用で悪夢を見やすいとかあるのだろうか。それぐらい毎度毎度のことだったので、特に心配はしない。

「また同じ世界か……」

最後にそんな言葉を付け足した。

「は……？」

呼吸が止まる。

息苦しくなって、ようやく思いだしたぐらいだ。酸素を必要とする人間であることを。光合成で生きられる植物とは違うのだ。

毎朝、悪夢を見ていたのではなかったのか。同じ世界？　朝起きたら昨日の続きが始まるなんて当たり前のことだ。

まさか……と戦慄が走る。

十郎丸さんは同じ世界ではなく、別の新たな世界が始まることを毎朝望んでいたというのだろうか……。

「心底うんざりするな……」

二日目も眠る寸前に、「ようやく今日という一日が終わったと、一息つける瞬間だ」とどこかしら、ほっとした顔で言っていたこととも辻褄が合う。

どんな言葉も返せなかったから、あたしは寝たふりを続けるしかなかった。呼吸だけは再開して。

「まあ、また自暴自棄にならないだけでも、成長だな……」

それはきっとレコード会社に殴り込みに行った話のことだろう。

初日の朝は知らない。先に十郎丸さんが起床していた。

二日目の朝、あれが初めて見る目覚めた直後のため息だ。悪夢でも見ていたと思っていた。

三日目の朝、やはり忌々しくため息をついていた。てっきり、起床時の癖だと思っていた。

朝には弱いようだから、特にどんな夢を見たとか話さないのだと思い込んでいた。

まさか毎朝起きるたび、絶望から始まっていたとは……。

あたしのような人間からはまったく想像出来ない世界だ。ふたりで、それなりに楽しい日常を送ってきたつもりだ。それでも十郎丸さんは常に……それは言葉の上では聞かされてはいたけど、そんな寝て起きるだけの翌朝に心底絶望していたなんて……。

嫌なことがあっても数日経てば、忘れたり、気にならなくなったり、時間が解決してくれたり、ここはそんな世界なはずだ。

心が癒えることもなく、毎朝目覚める度、絶望が訪れているなんて、あまりに想像を絶した。

そんな圧倒的な「死にたい」を前に、あたしは何が出来るというのだろうか。

しかも今日は五日目。あたしに与えられた猶予の最後の日だ。

気配が消える。顔を洗いに行ったのだろう。

あたしは力ない足取りでキッチンに立ち、とりあえずふたりぶんのトーストを焼き、コーヒーを入れた。

もしこの生活が続くなら個包装のドリップバッグはやめたいな。丹念に豆をひいてドリップして淹れたい。


レンタカーは大きく立派で、なんだか無駄にいい車な気がする。

十郎丸さんは腕組みをしたままだ。

「さて……どうやってドアを開けるのだ」

「は?」

目が点になる。実際にはなっていないだろうけど。

「完全なるペーパードライバーなのだよ。昔取った杵柄《きねづか》だ」

「それは今も衰えていない時にしか使えない言葉では⁉」

「よく知っているじゃないか」

「多分、キーがリモコンになっているんですよ」

「ほう」

十郎丸さんが手にしていたキーのボタンを押すと、かちゃりと鍵が開く音がする。

いつ免許を取ったのだろう……。

ようやく十郎丸さんは運転席に、あたしは助手席に乗り込み、恐る恐るシートベルトを締める。

だが、ハンドルの辺りをきょろきょろと探っているではないか。

「今度は何がわからないのでしょうか……？」

「エンジンのかけ方だ。このキーはどうやって差すんだ？　そもそも鍵の形をしていないではないか。どこかを押したら、鍵が十徳ナイフのように飛び出してくるのか？」

「説明書を見ましょう！」

それはちょうど助手席側のダッシュボードに置いてあった。

急いでページをめくる。エンジンのかけ方……あった！

「スタートボタンです！」

「はっは、そんなゲームじゃあるまいし」

楽しげに笑っている。

「いや、ほんとですってば。ここ」

ハンドルのすぐ左に付いているボタンを指す。

「ほんとにゲームみたいだな……」

それを押すと、どこどことエンジンが震え始める。

あたしの心臓もばくばく震え上がっている。

「制限速度だけは守ってくださいね……」

「そうだな。心中にはならないようにしよう」

嬉しそうにシフトレバーをドライブに合わせる。

こっちはただひたすら恐い。

「ところで、どうして、運転席は真ん中にないのだろうな」

「は？」

「右に寄っているではないか」

「それは隣に助手席があるからでは？」

「なにを助手してくれるのか知らんが、左の端なんてここからは見えないからな」

「あたし死ぬ――！」

「天になにかあるのか？」

「だから癖です！」

「そうならないよう、左のことも気にはしよう」

「あの、無理しなくていいんですよ？」

「いや、行く。私の運転で、というのはなかなかに冒険的で、刺激的な試みだからな。ちょっとは楽しめそうだ」

親には内緒の画期的な遊びを見つけた悪戯《いたずら》っ子のように口の端を持ち上げる。

ああ、なんてことだろう。道連れなんてことだけはよして欲しい。

あたしはお祈りをするようにシートベルトを握りしめる。

ゆるゆると走り始め、公道に出る。

「すごいぞ、見ろ。ここに時速が表示されるのだ。こんな未来まで来ていたんだな」

フロントガラスに表示でもされているのだろうか、あたしの角度からは見えない。

「そこばかりに気を取られないでくださいね……ほら！　ハンドル切らないと！」

対向車線にはみ出す寸前で曲がりきる。

「いきなり事故るところだったな」

「信号も見てくださいね！　ほら、赤ですよ！」

「おっと。ナイス助手だ」

ブレーキも急すぎて、体が前のめりになる。

「信号見るのまで助手させられたら命がいくつあっても足りませんから……」

「またまたー。ふたり居るんだから、協力していこうではないか」

ならこちら側にもブレーキが欲しい。

「あれ⁉　さっきウインカー出してました⁉」

「忘れてた。ほら、なんか手でやるやつ、なかったか？　それを頼む」

「手信号ですか⁉　壊れてもないのに⁉」

「それぐらいいいじゃないか。助手なんだろ」

「壊れてないのにやったら、白バイとかに怒られますよ⁉」

「減るもんじゃなし」

　ワイパーが動き始める。

「駄目だ。壊れてる」

「いや、ワイパーレバーを触ったからですよね⁉」

「え、このレバー、ウインカーだろ？」

「そんな紛らわしい壊れ方しないですって！」

　また説明書のページを必死にめくる。

「ウインカーは右のレバーです！」

「こうか」

　チッカチッカと音がして、ウインカーランプが光る。

「え？　曲がるんですか？」

「いや、試してみただけだが？」

「そういうのは公道に出てから試しちゃ駄目なんです！」

「わーわーうるさいな。ほら、取り消したよ。なかったことにした」

「なかったことになんて出来ませんから！　後続の車にはあったことになってるんです！」

「じゃあ、曲がるよ。だったらいいだろ」

チッカチッカとウインカーランプが再度光る。

「いや、だからそういうのが一番事故るんです！」

これはある意味故障だ！

あたしは窓を開けて、左腕を宙へ差し出した。本来は右手でするものだが、左手でも通じるはずだ。

ああ、なんて恥ずかしい……。

「はっはっは」

十郎丸さんにも、大笑いされているではないか。

しかもその腕は筋肉痛で痛い。

「曲がってくださいね……」

「いいとも」

信号が青になると急発進して、またも前に放り出されそうになる。

「あと、一度止まって、ナビを入れましょう。どこに行くかは知りませんが」

「海だと言ってるじゃないか」

急停止し、「この近くの海。砂浜があるところ」とナビに話しかけていた。

「そんなSiriみたいな機能ないと思いますよ⁉」

「え？　こんな未来感のある車なのにか？　それは車の形をした箱を被って私たちが下から足

を出して走っているのと同じぐらい見た目と中身が伴っていないぞ？」

　どんな例えだ。

「携帯で探せばいいじゃないですか」

　あたしは携帯で近くの海を検索する。

「砂浜があるところがいいんですね？」

「ああ。若者は砂浜を走るからな」

　あたしが住所を見つけ出し、ナビに入力し、行き先に設定する。

「いいぞ。ナイス助手だ。おお、矢印まで表示されるようになった。これまた未来感がすごいな」

　すごく満足げだ。

「よかったですね」

　急発進する。

　すでに酔ってきて、気持ち悪い。

　ががが あ！　とものすごい擦過音がする。

　最悪だ。顔面を両手で覆う。

「変な音がしたな」

　本当に左側の距離感がわかっていないようだ。

「ガードレールに思いっきり擦れましたから」

「さすがガードレール。今日もちゃんとガードしてるわけだ。それによってひとは安全に歩行できる、と。世の中は今日も平和だな」

「それを脅かす側になってますからね……」

意に介さず、暴走を続ける。その後も何度も擦り、あたしは生きた心地がしない。

レンタカーの修理費については詳しく知らないが、これは新車一台買うぐらい請求されるのではないかと思う。

パトカーか白バイにでも見つけてもらいたい。この暴走を止めてもらいたい。

事故が起きる前に。いや、事故は起きている。大事故が起きる前に。

だが、警察は何をやっているのか。その目をかいくぐってレンタカーは突き進んでいく。

ナビが目的地点です、と告げていた。

「着いた⁉　海に⁉」

フロントガラスから見えるのは駐車場だ。

「なにを驚いている。目指していたのだから当然だろ」

「あたしにとっては結構な奇跡です」

「駐車するぞ」

「出来るんですか？」

「教習所では出来た」

それは何年前の話⁉

シフトレバーをバックに合わせると、ナビ画面に車体の後方が映し出される。

「慎重にお願いしますよ……」

ここまで車をボロボロにしておいて、慎重も何もないのはわかっているが、ハラハラする。

ピッピッと音がして、画面に黄色い四角が現れる。

「なんでしょう……？」

「知らんよ」

無視して、バックしていくが、今度は赤い四角まで表示される。鳴っているアラームも間隔が狭まって、急《せ》き立《た》てられているようだ。

「絶対まずいという意味ですよ！」

「ゲームだったら、ゲームオーバーを覚悟するな」

「もう一回やり直しましょう！」

がくん！　と車体が傾いた。何かに乗り上げたのだ。あたしたちも斜めになる。だが、そこで十郎丸さんはエンジンを切った。

啞然とし、体が硬直状態になる。

「なにしているんだ。降りろ」

「この状態を駐車したことにするんですか⁉」

「空いてるし、別に文句は言われないだろ」

なんということだ。

あたしはシートベルトを外し、ドアを開ける。

目の前がぐるぐる回っていて、上手く立てない。

完全に車酔い状態だ。吐き気もする。

同じ運転で帰るなんて無理だ。耐えられない。

「もう帰りたくない」

車のドアに手をついて俯き、そう伝える。

「お前もそういうメランコリックな気分になるのだな」

「体調の問題です」

「せっかく海まで来たのにか？　青春だ――！　と叫びながら波打ち際を走る、という若者だけが許される行為でもしてみたらどうだ」

「吐きますし、体調がよくてもしません」

「そうか。じゃあ、帰るか」

「無理！　待って！　休んでからじゃないと！　死ぬ！　死んじゃう!!」

命の危険を感じ、金切り声で訴える。

「体調がよくない癖に、出会った中で一番元気だな」

「必死なだけです！」

「歩く元気はあるか？」

「むしろ、歩いていないと吐きそうです……」

「じゃあ砂浜まで行こうじゃないか」

気分的には、駐車場に突っ立っているよりかはマシな気がする。

十郎丸さんの後について、舗装されたコンクリートの道を歩いていく。涼しい風が救いで、気分が幾分マシになる。


「お、海の家じゃないか？」

異様にカラフルなものを取りそろえたプレハブ小屋のようなものが先にある。

辿り着くと、店先には、大小様々なボールやカラーバット、フリスビー、水鉄砲、凧《たこ》まで陳列されている。

店員は退屈そうに座って携帯を弄っているが、注文すれば食べ物も作ってくれそうだし、確かに海の家と言えそうだ。

「ボールとバット買って、野球でもするか！」

「ひとりでどうぞ」

「誰が取りに行くんだ」

「誰が投げるんだという疑問が飛んでくるかと思いきや、ボール拾いでびっくりです」

「仕方のない奴だな。海の家っぽく焼きそばでも買ってやろう」

「車酔いしている人間は食欲ないですから。普通に自分で飲み物買いますし」

自販機でミネラルフォーターを買う。

「つまらない奴だな」

運転中、あれだけはしゃいでいた十郎丸さんなら遊び道具を買いそうな勢いだったが、いつも通りの冷静さを取り戻し、結局何も買わずに歩き出した。

大きな橋を渡る。その先に水平線が見えた。砂浜までもうすぐだ。

「アカエイに注意だそうだぞ」

橋の途中にあった立て看板を見てそう言う。

「別に海に入るわけじゃあるまいし、大丈夫ですよ」

「飛んでくる可能性もある。昔映画で見た。海から人間目がけて飛んでくるんだ」

「それは細く尖った魚では？　エイにはそんなこと無理でしょう」

「アカエイを知っているのか？　ものすごく細く尖ったエイかもしれないぞ」

「赤いだけでしょう」

「天津丼《てんしんどん》は、中国の天津に住んでいるひとは見たことも聞いたこともない食べ物なのに、その名がついている。そのようなものは世の中に山ほどある」

「アカエイといっても、赤いだけではない、と……」

「そもそもエイですらないかもしれない。もしかしたら裸で徘徊《はいかい》するオッサンかもしれないぞ？」

「その場合は、変態に注意と書きます」

「確かに。裸で徘徊するオッサンの可能性だけは消えた。だが、他にはまだまだ考えられる」

なんの思考実験だろう。

「まあ、想像通りのエイを譲ってやろう。毒でも持っているのだろう。刺されてアナフィラキシーショックで死なないようにな」

それを最後に、珍しく会話が途切れてしまう。

十郎丸さんは胸のポケットから箱を取り出した。タバコ以外の何物でもない。

その中から一本を取りだし口にくわえて、ライターで火をつけた。

意外で内心驚く。吸うんだったら、この数日で見かけていただろうから。

煙をくゆらせる姿は、なんだか有能なOLのように映る。とにかく格好いい。他のOLからは憧れの先輩のような存在で、バレンタインデーにはチョコレートを大量にもらうのだ。そんな妄想が勝手に浮かんでくる。

「タバコ、吸うんですね」

「仕事中、パソコンの前で悶々《もんもん》としている時や、このように手持ち無沙汰の時にな。ただ肺に入れたら痛くてむせる。口の中でなんとなく煙を味わっているだけだ。恐らく肺は綺麗なピンク色だろう。ニコチン中毒だったほうがマシだったかもしれない。何かに依存して生きるほうが人間は楽だからな」

「それで体を壊しては意味ないじゃないですか」

「死ぬよりはいいんじゃないか?」

「それは……そうかもしれませんけど……」

胸の辺りが疼《うず》き出す。

「病んだり、痛覚があったり、嘆き悲しむ感情があったり、すべて邪魔だよ。工場で働き続けるロボットのほうがよっぽどマシだ」

あんなに楽しげに笑っていたのに。人間味を感じていたのに。

十郎丸さんは生きる喜びを知らない。それを感じることが出来ない。人生にはもっと楽しいことがたくさんあるのに。あたしが教えられたらいいのに。

なのに、何も出来ずにいる。あまりに圧倒的に人生経験が足りない。

力になりたいのに、なれない。

「どうした。早く来い」

虚しく突っ立っていると、そう急かさせる。

橋を渡りきると、ようやく砂浜に着いた。波音と共に濃い潮の匂いが押し寄せてくる。

十郎丸さんは迷いもなく波打ち際まで突き進んでいく。ついていくが地面が緩く、躓《つまず》きそうになる。よくすたすたと歩いていけるものだ。

「ほう。まったく興味がなかったが、小学生以来見る海は悪くない。波は胎動のようだな。そう考えると、感慨深い。地球が我々でいう一個人だとしたなら、宇宙という社会はどんなものなのだろうな」

果てしがなさすぎて、想像もつかない。いつも思うが、十郎丸さんの考えは、途方もない。

タバコを携帯灰皿のようなものに押し込んで消した。まだまだ吸えそうな長さが残っていたのに。

なんだか生き急ぐ象徴にも思えて、寂しい。

十郎丸さんのすぐ先では、波が胎動を続け、地球を丸ごと呑み込みそうな轟音を立てていた。出会った日から、とても遠くまで来てしまったような気がする。

「私は、一度だけ尊敬する作曲家に会ったことがある」

途方もないところから、帰ってきてくれた。

「まあ、名前を言ったところでお前は知らないだろうがな」

十郎丸さんにもそういうひとが居たことに少し安堵《あんど》する。まあ、でなければ作曲なんてお仕事は目指さないか。

「どうやったらあなたのようになれますか？　と訊いた。それにはまず努力だと言う。こつこつ努力を積み重ねていけばいつかなれるよ、と優しく言ってくれた。でも、それはそのひとが私に嫌われないために言ってくれた嘘だ。まず才能がなければ無理だよ、と真実を告げては、自分を目指してくれる人間を失望させ、そして求心力というものを失っていく。つまり詭弁《きべん》だよ。人間とはことごとく利己的だ。自分が得するように振る舞う。あの頃の私にはわからなかったが、歳を取るにつれ、現実を知り、夢は夢のままで叶わないことを知らされる」

「でも、今では配信一位の作曲者じゃないですか」

「だからそれがなんだというのだ。PassWordの次の新曲もコンペだ。私が確約されているわけではない。むしろ、同じ作家が続くことは避けるだろう。そう考えると、落選が濃厚だ。印税暮らしだが、贅沢な暮らしが出来るほど儲《もう》かってもいない。これからも曲を命を削るように生み出しては、採用してもらうのを待つだけの身だ。そんな私が一体どんな成功をしていると いうのだ？」

あたしには充分成功しているように見える。けど、主観を押しつけても意味がない。

「十郎丸さんはすごいひとなんですから、居なくならないでください」

だから、そうお願いするぐらいしか出来なかった。

「何もすごくない」

「曲が作れるじゃないですか」

十郎丸さんは、やれやれと凝りをほぐすように首を回す。

「曲なんて誰でも作れる」

二　咆吼

海をバックに、十郎丸さんはうんざりした様子で居る。初めて会った時のようだ。振り出しに戻ってきたような感覚に陥る。濃密な時間を一緒に過ごしてきたというのに。そもそもどこへも向かっていなかったのだろうか。

「みんなそれを言うんだよな。私がやっている作曲なんて、教則本の最初の十ページに書かれているることぐらいの知識で出来ることだぞ」

「もっと専門的な知識が必要でしょ」

「じゃあ、Shining Wizard のコード進行を教えてやろう」

「そんなの説明されても理解出来ないですってば。前もさっぱりわかりませんでした」

「今回は最もシンプルにだ」

十郎丸さんは携帯画面を鍵盤にするアプリを立ち上げた。

「白鍵で、ラ、ファ、ソ、ド。この四つの音を元にした和音だけで曲が出来ている」

波音と共に聴くそれらの音はなんだか物悲しかった。

「よくわからないですが」

「今の四つの音でフルコーラス歌えるという意味だ。歌ってみろ」

「Shining Wizard をですか?」

「もちろん。カラオケでも歌っていたから歌えるだろう?」

まあ、それは歌える。歌詞も覚えている。

あたしはAメロを歌い出す。すると、十郎丸さんは携帯の鍵盤を人差し指で押す。不思議なことに、ただの一音が伴奏となり、あたしの歌を支えてくれた。

Wizard だけに海が割れて道が出来たら恐いなと思いながらサビまで歌いきる。

しばらく波の音だけが聞こえ続けた。まるでひとりきりでここまで来たかのように。

でも、視界にはもうひとり居る。蛾眉《がび》が過ぎて、まるで何千万の値がつく絵画の一部と化しているかのようだった。

その十郎丸さんが、ふうと、長い息をつく。

「私はさっき説明した四つの音しか押さえていない」

確かに人差し指一本しか使ってなかった。

「え、なんですか。手品ですか」

もっと複雑なものだと思っていたから驚く。

「ただの四種類の和音だけで、Shining Wizardは作られている、ということだ。今はそのルートと呼ばれると根元の音だけ鳴らしたから、人差し指一本で済んだ。この単純な四つの和音は大抵教則本の十ページまでに出てくる。遅くとも二十ページまでだな。そこから先に書かれている難しい知識や理論は、私はまったく使っていない。つまりは、それぐらいは誰だって出来るということだ。私の素養とは、素人に毛も生えていないレベルなのだよ」

「でも、さっき鳴らした音より、もっとたくさんの音が実際には鳴っているじゃないですか。そこがすごいと思います」

「それは私の仕事ではない。編曲家の仕事だ。作曲の仕事は、さっきので以上だ。しかし、Shining Wizardという曲名をつけた奴はどんなセンスをしている？　冷静に考えたらプロレスの技の名前じゃないか」

また言葉のトラップに塡《は》められた気がしてくる。褒めるほど、追い詰めていくようなこの恐い感覚。

「それでも、こんないいメロディを思いつけるのは才能がある証拠じゃないですか？」

慎重に褒め直す。トラップを避けつつ。

「そうかもな。いい曲が書けるのは才能だ。曲を書けるのは少しの勉強だ。曲を書けることに貴重性を感じるな、という話だ」

「それだけで充分じゃないですか。平凡なひとたちより恵まれているじゃないですか」

やれやれとうなじを掻き始める。それもいつか見た姿だ。とても遠い記憶のように思える。次の言葉を待つが、一向に出てこない。ひたすら波の音を聴かされる。

ようやくかゆみが治まったのか、手を離した。

「人間は幸せになったもの勝ちなのだ」

ごごご、という波の音がした。岩場に囲まれた海は渦巻を描き、そう鳴って聞こえる。それにも負けない、もろともしない、凛《りん》とした通る声で水平線の彼方に向けて言葉を放っていた。髪が映画のワンシーンのように頰の辺りではためいていた。

「才能や器量に恵まれているだけで、生きることが他のひとより楽になると思うな。それは他人が判断するものではない。自分が幸せだと思えているかどうかだ。ひどい労働環境で、見た目大変そうなひとが居ても、そのひとを勝手に不幸だと思うのはあまりにおこがましい話だ。そのひとには家庭があって、家族の喜ぶ顔を見るだけでどんな疲れも吹き飛ぶぐらい幸せかもしれないじゃないか。幸せの絶頂のただ中に居るかもしれないじゃないか。私はそれの逆パターンだ。私の中に渦巻いている生への理不尽は散々伝えてきたつもりだぞ」

ほら見たことか。結局、この流れになる。

圧倒的な人生経験の差により、あたしは言い負かされてしまうのだ。

もうこの流れは嫌だ。ひたすらやられっぱなしではないか。何かひとつでも言い返したい。逆らいたい。

なのに、結局、どんな言葉も湧いてこない。

せめて、同じ歳で居たかった。そうしたら、もっと何かしら説得力のあることが言えたかもしれないのに。

悔しい。その悔しさすら、ここまで何度味わってきたことか。辛酸をなめさせられ続けてきたことか。

ずっと口の中がしょっぱかった。ハチミツのような甘美さを、心の底から欲していた。

十郎丸さんの携帯からぴろんという音がした。

「ん」

鍵盤ではない画面に変えて、何かを確認した。

その目が見開かれ、呆然の表情に変わった。

携帯を持つ指が震え、口元もわななき、瞬きすら忘れた様子でいた。

あれだけいつも堂々としていた十郎丸さんが。

唾液腺がおかしくなっていたのか喉がからからだ。必死に唾を寄せ集めてごくりと飲み込む。

「あの……何があったんですか……」

恐る恐る訊いてみる。

「鮎喰エルムが結婚した……」

「え？」

あたしは自分の携帯でニュースサイトを確認する。

大物俳優と人気女性シンガーが入籍、という見出しが躍っていた。

芸能界においては、それは大ニュースだっただろう。

けど、どうして十郎丸さんがここまでショックを露わにしているのかがわからない。

「時椿くん……」

大きく見開いた目で携帯を見つめたまま、あたしの名を呼んだ。

「はい……」

「素直におめでとうと言えない私が居る……それは、とても卑屈で、とても醜悪で、とても恥ずべき感情だと思わないか……」

風でばたばたと震えるシャツと一緒に、その声も震えていた。

「それは、ひとそれぞれじゃないでしょうか……」

言葉を選び抜き、答える。そのあたしの声すらも震えていた。

「違うよ。私は割と近しい人間だったのだよ……」

「でも今は疎遠になっているんでしょう……？」

「そうだよ……私は置いていかれたのだよ」

またた。言葉のトラップ。慎重に選んだつもりだったのに。

「そして今彼女が幸せの絶頂に居ることを妬んでいるのだ……それはひととしておかしい……やっぱり私は異常なのだよ……」

携帯をお尻のポケットに仕舞うと、なあ、と呆《ほう》けた顔のままあたしのほうを見る。

「お前の代わりに、波打ち際を走ってみてもいいかな……」

「もちろん」

そう答えると、

「なんだ、この苦行は――――!!」

そう叫びながら、猛然と波の間へと分け入っていった。

「たったのひとりもすがれる者が居ないこの世界は魂の牢獄《ろうごく》だ!! 楽しいことなんてひとつもない!! 喜びもなにひとつない!! なぜこんな人生を誰もが享受して生きている!? 私にはわからない!! 見えている世界が、生きている世界が違うとしか言いようがない!! どうして私だけこんな罰を受けているのだ!! なぜ皆、平然と生きていられるのだ!! 私以外は人形なんじゃないか!? 狂っている!! 私がじゃない!! 世界がだ! この世界が狂っているのだ!! どうして私はそんな世界に生きている!? 生きていかなきゃいけないんだ!? もうただの一歩も進みたくない!! 生きていてよかったと報われる日など来ない!! お前たちには平穏でそれなりに幸せな世界かもしれないが、私にとってはひたすら苦痛だ! 明日も明後日《あさって》も、一年後もたった一秒先すらも!! 拷問のような世界だ!! もうやめにしたい!! 終わりにしたい!!

苦痛や絶望や嫉妬に苦しむこの肉体を捨て、魂を解放してやりたい!! そうして自由になりたい!! 楽になりたい!! 私を解放しろぉ!!」

波を叩き、掻き上げ、咆吼する。

しぶきは陽光を浴びてきらめき、波は暴力的に打ち付けた。

まるで可憐《かれん》な少女のようでもあり、獰猛《どうもう》な獣のようでもあった。

美しくもあり、無残でもあった。

喜劇のようでもあり、悲劇のようでもあった。

永遠のようであり、刹那的でもあった。

色んな矛盾を孕んだ姿だった。

「頼む、解放してくれぇ……」

海中に膝を突き、両手を合わせ、懇願する。

人知ならざるもの。天に座する神へ向けて。

ここに居る人間なんて、まるで眼中にない。

壮大な祈りだった。

どんな言葉もかけられずにいた。それはそうだ。ただの人間ごときが、この期に及んで何を言ったって無駄だ。聞き入れてくれるわけがなかった。

だから、じっと見つめているしかなかった。その愛おしくも、狂気に満ちた姿を。

もしかして泣いているのだろうか。顔面はずぶ濡れだ。けど、それは自分で上げた水しぶきかもしれない。

あるいは、そのために海に来たかったのかもしれない。大人が人目もはばからず泣き叫べる場所なんてそうそうない。

だとしたら、それだけでも、海に来てよかったと思う。

あたしはそう思う。十郎丸さんが感じているこの世界を生きる苦痛など、微塵もわからないあたしだけど、それだけはわかる。

三　海辺の旅館

結局近くの旅館に泊まることにした。あたしはまだ気分が悪かったし、十郎丸さんに関してはびしょ濡れだ。

「こんな宿しか見つからなかった」

充分だった。

仲居さんに、先にお風呂をどうぞと言われた。びしょ濡れだから当然だ。服のほうは仲居さんが干しておいてくれるらしい。

夕飯はその後で出てくるそうだ。

今日はふたりともお昼ご飯を食べていない。あんなことの後だったから、ふたりとも食欲を失っていたのだ。

仲居さんの説明では、普通の浴場と露天風呂があるそうだが、十郎丸さんは露天風呂を選んだ。もちろん、そちらのほうが刺激的という理由からだ。そういうところは相変わらずだったが、あたしのほうは完全に持ち前の元気を失っていた。

脱衣所でするすると脱いでいく十郎丸さんは、相変わらず見惚れるほどに艶やかな体をしていた。ただ、両手首の痣だけは痛々しい。

眼鏡を外しているので、どんな絶景が広がっているのかさっぱりわからない。暗い空だけがかろうじて確認出来る。

「時椿くんは裸眼になっても、算用数字の3のような目にならないのだな」

「なるのは、国民的な漫画のキャラクターだけです」

「なんだ、つまらない」

あたしの目が3になったら面白かったのだろうか。刺激的だったのだろうか。3のような目をしてやろうかと思ったが、どうやったら出来るかわからない。ただ目をぱちくりし続けた。

「なにをしているんだ?」

「それなりの努力ですけど……」

「いや、充分だよ」

組んだ両腕を夜空に向けて伸ばし、すべてをやりきったように言う。

「え?」

今のあたしがだろうか。それとも、この数日がだろうか。

もしかしてという希望を抱き始めたところで、

「もしかしたら、私はとても飽きやすいのかもしれない」

まったく期待はずれな話が始まった。

「例えば、私がキャッチーな曲を好きになれない理由は飽きやすいからなんだ。どんな名曲でも毎日聴いていたら飽きる。ダブルメタルは主旋律がないし、曲の構成も凄《すさ》まじく変則的だ。AメロBメロサビなんて概念はない。あるのはエクストリームな衝動性だけだ。それは、どれだけ聴いていても飽きないし、代わりに、ニューアルバムが出たって大して変わらなかったりもする」

未だにその音楽が、どんなものだかあたしは知らないし、想像もつかない。それを聴こうとダブルメタルで検索してもただの一曲もヒットしなかったからだ。そもそものジャンルの名前もあたしが適当に生みだしたのだから当然だ。元はディストピアとか、そんな感じだった気もするがもう思い出せない。

「男も一緒だ。付き合うとすぐ飽きてしまうんだろうな。普通の奴は相手に興味を持ち続け添い遂げるのだろう。私は彼氏から、どこまでが浮気だと問われた時、別の誰かを好きになったら、と答えたことがある。異性とふたりきりで食事したって、手を繋いだって、なんだったら肉体関係を持っても構わないと伝えた。よくよく考えてみると、それは相手にとって恐ろしいことだろうな。つまりは自分にまったく興味がない、という意味に等しいからな。つまりは、すでに飽きていたのだよ。人生も同じだ。中学生の時ぐらいに生きることに飽きてしまったのだろう。小学生の時はあんなに寝る時間があっという間に来て、やりたいことを我慢して仕方なく眠りについていたというのにな。もう何に対しても誰に対しても、どきどきわくわくしなくなったんだろうな。キャッチーな曲が悪いんじゃない。男が悪いんじゃない。世界が悪いんじゃない。全部、飽き性の私が悪いんだ。そう考えると、なんだか諦めがつく」

心が痛みを感じる。そのまま張り裂けそうだ。どの病院の何科を受診すればいいのかすらわからない。心臓の辺りだから、循環器内科だろうか。いや、そんなところに痛覚はない。これはただの失望と悲しみだ。

「そんな諦め……つけないでください」

「普通な人間になってみたかったよ。普通なお前たちが羨ましい限りだ。だがさっきも言った通り、中学生の時気づいてしまったのだよ。昔、誰かが言ったらしいな。人生は死ぬまでの暇つぶしに過ぎない、と。まったくその通りだよ。必死にわくわくするものを探すのも面倒だし、そこまでして生きる意味も価値もないことはその言葉から明白だ。結局のところ、私たちはDNAを運ぶ船でしかなく、個に意味はなく、種のために生きなければならないなんて、個としては実に馬鹿らしい。私は何も残したくないし、守りたくないし、跡形もなく消え去りたい」

あまりに圧倒的すぎて、何も返せない。返せるわけない。

浴衣《ゆかた》に着替えて部屋に戻ると、すぐさま夕飯が出てきた。

いわゆる刺身の舟盛りだ。うにやアワビ、甘海老まである。なんて贅沢。こうして目の前にすると食欲が湧いてきた。

天ぷらの盛り合わせもある。こちらは春の山菜のようだ。

食べることに興味のない十郎丸さんは、ビールの進みのほうが早い。

「まだまだこの時期の夜は寒いな」

「そうですね。寒いのが苦手なんですか？」

食べながら訊く。

「苦手だ。死ぬ気力すらなくなる」

「永遠に暖かくならないで！」

「口から甘海老が飛び立ったぞ」

「すみません……」

なんて行儀の悪さだ。

続いて、焼き魚と茶碗蒸《ちゃわんむ》しが一緒に出てきた。なんの魚だろう？　鰆《さわら》だろうか。

「春になってようやくあの場所へ向かえたのだよ」

「じゃあ、もっと暖かくなったらどうなりますか？」

さらに死にたくなったりするのだろうか。

「私は夏が好きだよ」

　思ってもみない言葉が返ってくる。

「雨が多いことさえ除けば、夏は完璧だ。着の身着のままで出かけられるし、大嫌いなお風呂にも浸《つ》からなくて済む。さっとシャワーを浴びればお仕舞いだ。髪の乾きも早いし、なんと生きやすい季節だろうと思うよ」

「じゃあ、夏まで生きましょうよ」

「その後はまた秋が来て、魔の冬がやってくる。そんな季節の移ろいに振り回されるのも嫌なんだ。それに矛盾するようなことを言うが、そんなすぐに夏はやって来ない」

「後二ヵ月じゃないですか」

「あっという間だと言いたいのか？」

「はい」

　その主張は浅はかだったのだろう。十郎丸さんはすっと遠くに視線を移していた。もっと近くに居て欲しいのに。

　どこまであたしの言葉は無責任で、世間知らずなのだろうと思ってしまう。

「なんだろうな、不思議なことに私は他の人間と同じ時間感覚に生きていないのだよ。二ヵ月というのは私にとっては果てしない。感覚的には三倍だな。半年後、と言われているようなものだ。これは適当な数字ではなく、普通の社会人が一週間かけてこなす仕事を私は二日ぐらいで終わらせてしまうところから弾き出した。ブラッシュアップを図るためもう一日もあったら充分だ」

「あれ？　曲を作るのはものすごいエネルギーを使ってなかなか出来上がらず、気がおかしくなりそうな毎日だって話してませんでしたか？」

「それがその三日で巻き起こっているのだよ」

「つまりは、気がおかしくなりそうだけど、せっせと三日で仕事はこなしてる、と？　それだけ有能ってことじゃないですか」

「だとしたら有能なのは残酷なことだ。一週間で一曲を作るとしても、残り四日は暇になる。次の曲を書けばいいと思うだろう？　ただ、なんの目的も持たない曲なんて書けないのだよ。お前だって出されてもいない宿題の問題なんて解けないだろう？」

「それはそうですね……」

「どんなコンペに出すのか、どんなアーティストが歌うのか、傾向がわからないとな。まだ平日はいい。土日が恐怖なのだ。私はそれを世界が止まる日と名付けている。なぜだかわかるか？」

わからない。

「休めるし、好きなこと出来るのに……」

これだけ一緒に居続けてもまだ理解出来ないことがあることに落胆する。

「取引相手が休むからだよ。連絡が取れなくなる。どれだけ仕事が溜まっていようとも、それらは月曜日にならないと動き出さないのだ。例えば曲の修正中に土日に突入したとしよう。もちろんその修正はクライアントが納得するクオリティに引き上げるためだ。金曜日の定時までは、熱心なリテイクが届く。こちらもその熱に応えて直したものを送る。金曜日の定時を過ぎた途端、それは途切れる。まるで機械の電源を切ったかのようにだ。リテイクマシーンは土日はお休みなのだ。私は一気に直したいという熱でいたのに、そんなことお構いなしにだ。土日は映画を観たり、友達と遊んだり、異性とデートをしたり、家族サービスをしたりしているのだろう。それが普通なのだろう。私は普通じゃないから、なにもしないだけの空虚な時間が訪れる。月曜日になって世界が動き始めるのをただ待ち続ける。襲い来る空白の時間にじっと耐えてな。きっとみんなは仕事だけに生きていない。友達や、交際相手や、家族が居て、プライベートにも生き甲斐があるんだろう。だから土日をありがたく生きているのだろう。だが私には仕事しかない。プライベートなんてものはない。だから土日を恐れながら生きている」

「じゃあ、長期休暇なんて……」

「ゴールデンウィーク、お盆休み、正月休みは地獄だ。考えたくもない」

ゴールデンウィークは終わったところだ。

「年の瀬に、今年はあっという間だった、と言うやつがいるだろう?」

「居ますね……」

「私にあっという間の一年なんて存在しない。真綿で締められるように、じわじわと時間は進んでいく。一ヵ月が終わったら、まだ二月であることに呆然とする。必死にまた一ヵ月を生きても、まだ三月であることに絶望する。さっきも言った通り、二ヵ月は私にとっては半年だ」

「半年というと、長い気がしますね……」

「赤子だったら、寝返りやお座りが出来るようになる。それぐらいの長さだ。だから、夏なんてまだまだ遠い。絶望的に遠い。すべての物事はスローモーションに見える。実際お前からしたら、私はお喋りに映るだろう？　私から言わせれば、お前たちが遅く喋りすぎているのだよ」

そんな、ひとによって時間感覚にそこまで差が出るなんてありえるのだろうか。

「最初に違和感を抱いたのは小学生の頃だ。クラスにひとりぐらいお調子者が居て、みんなを笑わせるようなことを授業中に言ったりするだろう」

「そうですね」

「私ひとりが必ず、先に笑うのだ。それで、あれ？　今の発言を面白いと思ったのは私だけだったのか、ひとりだけ笑ってしまって恥ずかしかったなと思ったところでみんなが一斉に笑い出すのだ。その不気味な感覚といったら、なかったな。次に違和感を抱いたのは中学生の時だ。ネット上で反射神経を測るテストを発見したので、やってみた。画面にマークが現れたら、マウスをクリックする。それだけの単純なものだよ。結果は、エラーの連発だった」

「どういうことですか……？」

「ようは、適当に押してたまたまどんぴしゃのタイミングだったから、そんな速さの結果が出ました。データとして有用でないので、やり直してください、ということを何度も言われたのだよ。私は画面にマークを確認したから押している。なのにだよ。つまりは、普通の人間には不可能な速さを叩きだしていた、ということになる」

だとしたら、本当に他のひとより速い感覚で生きているということになる。

本来ならそれはすごく得な気がするのだけど、十郎丸さんにとっては損に働いているらしい。

「心が傷ついた時、身体的な傷と同じで、自然に治癒するのを待つしかないというが、それすらも私にとってはスローなのだよ」

それを聞いて、あたしはあることに気づいて、呼吸が止まるほどの戦慄が全身に走った。

つまりそれは、人生を実年齢以上に生きていることになるではないか。

生きる辛さや苦しみや理不尽の中に、誰よりも長く置かれている状況ではないか。

それらが今の十郎丸さんを形成しているのではないか。

だからどんな相手とも上手くいかなかったのではないか。

わかり合えずに来たのではないか。

友達と呼べるひとも居なくて、孤独だったのではないか。

きっと、一回の人生では不可能なことを経験してきているんだ。

「ADHD……多動性症候群の子供は時間がゆっくり過ぎていて、それで授業が退屈に感じて、通常の子供のように大人しく受けられない、という説もある。どちらにしろ、それも私のせいではない。生まれ持った資質だ。運が悪かったとしかいいようがない」

記憶を保持したまま、人生を二回か、三回ぐらいやり直しているほどの彼方に居るんだ。

あたしなんかでは到底追いつけない先に十郎丸さんは居るんだ。

四　初恋の相手

「そろそろ私の生きる世界がどれほど酷なものか、わかってきたか？　みんな、私の体と精神で生きてみればいいんだ。そうすれば、すごく大変であることがわかってもらえるはずだ。鬱で学校や仕事に行けないひとに『怠けているだけ』と言う奴らと同じだ。そのひとの体感では死にたいぐらい苦しい。あなたぐらい仕事にも才能にも恵まれているひとがなにを、と言われるだろうが、私の体感では地獄なのだよ」

十郎丸さんに一方的に話させて、あたしは何も話せていない。

でも、何を話せば思いとどまってくれるのか。どんな言葉なら響くのか、わからない。

すぐ目の前に居るようでいて、遥か彼方の存在に。

「ここの料理、美味しかったですね」

だから、そんなどうでもいいことしか言えない。

「今日で五日目か。お前の苗字で言うところの『き』の日だ」

なんでそんな安心したような表情で言うのだろう。

「いつまでもお前の生きる邪魔をしたくない」

「え、ちょっと待ってくださいよ！」

その時間稼ぎすら、自分の都合でしかなかったが思わず口に出してしまう。

「まあ、お前という人間は面白かったよ。最初はただ名前が面白いという理由で付き合ってみたが、中身も純朴で、今時珍しいぐらいすれてなくてな。何より、私の生きる邪魔をしなかったのがいい。それにそんな地味な容姿で、なになに――！　と天に唾を吐きかけるのもロックでいい」

「最後のは癖です！　唾も吐きかけてません！」

そんな冷静な返答をしている場合じゃない。じゃないことはわかっていても、他に何を言えばいいのか。冷静に考えるほどの余裕もない。色んなことが一気に収束していくようで、それを食い止めるため形振《なりふ》り構わず言葉にすがる。

「なにか、なんでもいいです……もっとやりたいことを言ってください。競馬とか、オートレースとか、パチンコとか、ロトとか、麻雀《マージャン》とか、バカラックギャモンとか」

「まるで興味が湧かないな。しかもなんでギャンブルばっかなんだ。あと、バカラックギャモンてなんだ。バカラとバックギャモンが融合したギャンブルか。お前が発明したのか。相変わらず馬鹿か天才かよくわからない奴だな」

「他にも楽しいことといっぱいありますから。あたしが連れていきますから！」

「もう充分だと言っているんだ。お前が引き留めるからお前の人生を五日ほど邪魔してみただけだ。これ以上迷惑をかけたくないんだ。異常者はここで去る。お前は正常なんだから、この世界で幸せになればいい」

あたしは無意識に携帯を手に取っていた。

「警察でも呼ぶ気か？　あるいは救急車か？　私の話を聞いていたなら、それがどれほどひどい仕打ちになるかわかるだろう？」

手首の傷に鼻を当てた。まるで血の臭いを嗅いで、腐っていないか、新鮮な肉かどうかを確かめるように。

「今度はお前が私を病院送りにするのか？」

ぎろりとあたしを睨む。石化してしまうんじゃないかと思うほど、魔力を湛《たた》えた目つきで。

でも、死なせるよりマシでは……？　違うのか……？

もう、よくわからない……。

あたしは力なく、その場に座り込んだ。

混乱の余り、思考は停止した。

そして、恐ろしいほどの静けさが訪れた。

初めて、十郎丸さんが口を閉ざしたのだ。

本当にこの五日間、ずっと彼女は一方的に喋り続けてきたんだとようやく理解する。

あたしはほとんど喋っていなかったのだ。

しばらくの沈黙の後、

「ものすごく、しょうもないことを言っていいか」

ようやく口を開いてくれた。

「もちろんです。お願いします」

あたしはすがるように懇願する。

十郎丸さんは後ろに手をつき、天井よりさらに遠くを見つめながら話を始める。

「小学校の時、馬鹿だった私は九九が覚えられなかった。担任はそういう児童に放課後つきっきりで教えるのだが、馬鹿が多いクラスだったんだろう、手が足りなかったのだ。だから優等生だった男子が私につきっきりで教えてくれた。それが担任の指示だったのか、そいつの好意だったのかは知らない。バイト代も入らないのに、丁寧に教えてくれたよ。クラスが同じだったのは、一年生と二年生の時だけだ。エレベーター式に同じ中学に上がったものの、接点はなかった。野球部に入っていたな。知っているのはそれぐらいだ」

それで、その話が、どうなるんだろう？　とあたしは続きを待った。

「どうしてかわからないが、社会人になった今でも、そいつの夢を見るんだ」

「好きなんじゃないですか」

「この歳になってからわかったが、初恋だったんだろうな」

はっと息を呑む。

未だ解き明かされていない物理学の謎に一縷《いちる》の光が射《さ》したようだ。

十郎丸さんにも好きなひとが居るだなんて……。この事実は大切だ。今度こそ慎重に話を進めないと。

「でも、そいつの姿は中学生で止まったままなんだ。まあ、当然なんだがな。それ以降の姿を知らないのだから」

「実家はどこですか？」

「浜松《はままつ》だよ」

「浜名湖《はまなこ》の？」

「そうだ」

「遠い……」

「そうだな。まさか……」

こっちを向いてくれる。

「会いに行きましょう」

そう提案するが、これまで何度も見てきたやれやれといった表情になる。だが、額を手で拭う。体内の興奮は抑えきれず、自然発汗している。つまりは、取り繕っているだけだ。

「私が今更そいつと会って、何かが起きるとでも期待しているのか？」

その考えは浅はかなのだろうか。

「相手は私を覚えてもいないだろう。まともに会話したのは小学校二年までなんだぞ」

「もしそうだとしても……」

「なんだ」

慎重に言葉を探す。

「もう一度、そこから始めてみたらいいじゃないですか」

「なにを」

「まずは、友達としてのお付き合いを」

十郎丸さんは、深く長いため息をついた。ため息をつく標本とばかりに。

「……死ぬぐらいなら、それぐらい試してからでもいいのに、とでも？」

「はい」

「もう約束の五日間は終わるんだぞ。なぜ死ぬ日を先送りにしてまで、そんな恥をさらすような真似をしなくてはならないんだ」

「それはなんというか……」

あたしなりの一筋の光だ。

それにすがりたいだけだ。

「お願いします」

あたしは正座をして深々と頭を下げる。

こんなお願いの姿勢を見せることは生まれて初めてだ。

しばらくの沈黙の後、

「どうせ死ぬしな。どーとでもなれだ」

そう答えてくれた。

ＳＮＳで検索をかけると、相手は名古屋《なごや》に居ることがわかった。

第七章　解呪

一　野生のバンクシー

目覚めると、見知らぬ天井で驚く。

そうか、昨日は旅館に宿泊したのだ。

今日は来ないはずだった六日目の朝だ。

隣の布団ではまだ十郎丸さんが静かな寝息を立てていた。

こんな美しい寝顔が出来るひとなんてそうそう居ない。

でもそれを見ていると、自分の中にやる気が漲《みなぎ》ってくるのを感じる。

あたしが第三者なのは百も承知だ。この物語の主演は、十郎丸さんと、初恋の相手だ。

だけど、この内に沸き起こる衝動はなんだ。セロトニンか、ドーパミンか、アドレナリンかはわからないが、何かが止めどなく溢れ出ているような、脳内物質の流動を感じた。

だが、それを気取られないよう冷静で居なくては。助演とはそういうものだ。

朝食が出てきたところで、十郎丸さんも起床する。

焼き鮭がメインで、冷《ひ》や奴《やっこ》にサラダに漬物などの小鉢が数え切れないほどある。

「すごいですね……」

「そーだな」

あたしひとりが美味しいという感想を繰り返しながら、頂いた。

十郎丸さんの服は無事に乾いていた。いや、そもそもあたしの服だ。

支払いを済ませ、旅館を後にする。

とりあえず最寄りの駅に行きたいのだけど、十郎丸さんの運転で無事に辿り着ける気がしない。

そのことを伝えると、十郎丸さんは、レンタカー店に電話をして、車の駐車場所だけを伝えて切った。

「タクシーを呼ぶ」

レンタカーはレンタカー店に後は任せるようだった。心底助かる。どれだけ修理費を請求されるかは知らないが。

旅館の前でしばらく待っていると、タクシーがやってきてくれる。

迎車という形でタクシーに乗ることは初めてだったので、なんだかすごく大人になった気分だ。もちろん、迎車料金もかかるのだろうし。

駅に着くと、

「ここからのナビは頼む。私はお前の後についていくだけだ」

と最早慣れ親しんだ言葉を告げられる。

あたしは携帯とにらめっこし、乗り換えを確認して、先導する。


電車の中で、ぼーっと広告を眺めていると、

「お前はなんというか、不思議な人間だな」

十郎丸さんは唐突にそんなことを言い出す。

「そうですか？」

意外すぎて、驚く。

「お前からすると、変わっているのは私のほうだと思っているだろ」

「はい」

素直に肯定する。

「その思考がすでにおかしいからな。最初に出会った時にも言ったと思うが、世間からすると、お前のほうが変わっているからな」

「嘘でしょ……」

結構なショックを受ける。

「一言で言うと、お前は変人だ」

さらに追い打ちをかけられる。

「どこがですか⁉　普通のどこにでも居る、魚で言うとイワシのような女子大学生ですよ⁉」

「もう意味がわからない。なんで魚で例えた。イワシは魚の中では普通なのか。そんなの初め

て聞いたわ」

「いや、イワシって、一番海に普通に泳いでいそうじゃないですか……」

「知らんよ、海中の事情なんて。普通にトマトジュースとか言ったりな。自分は変わっていると自覚して生き始めてもいい年頃だと思うぞ」

「それも生きるためのアドバイスですか？」

「いや、違う。個性的で面白い、という意味だ。それはいつか武器になるかもしれない。だから伸ばしていけばいいと思う」

「その才能を伸ばして辿り着くのはお笑い芸人じゃないですか？」

「別にお前にギャグセンスはないからな」

「だったら、伸ばしても意味ないじゃないですか」

「いや、底が浅く無個性な人間は記憶されることもなく、忘れ去られるからな。社会に出ると個性的なことは有利に働く。交際においても、興味が尽きない相手とは長く続くぞ」

「なるほど。あたしの未来は勉強しなくても安泰ということですね」

「馬鹿か。それは必須だわ。挫折も困難も普通に訪れるわ」

結局のところ罵倒で終わるが、なぜかその表情は初めて見るぐらいとても穏やかだった。

二時間の移動を経て、ようやく名古屋駅のホームに降り立つ。ここからは地下鉄に乗り換えだ。

「なんなんだ私たちの行動力は。卒業間際の大学生か。そもそも私はひきこもっていたいから、サウンドクリエイターになったんだぞ。お前だって、どっちかというとインドア派だろ」

しかめっ面をした十郎丸さんは、なかなかそこから一歩を踏み出さないでいる。まるで駄々をこねる子供のようだ。時に大人の女性であり、時に子供っぽくもなる。どれだけの顔を持ち合わせているのだろう。

「インドア派ですけど、旅行は好きですよ」

「旅行は大嫌いだと言っているだろう」

「知らない風景が見られたら、それだけで刺激的でしょ？」

「そんなのテレビで観るからいい」

「その土地ならではの空気も味わえますよ？」

「それもテレビから出てくるからいい」

「そんな未来には来てません」

「すぐそこまで来てる」

「だから、なんなんですか？」

「帰る」

後ろを向く。本当に子供のようだ。

「帰らないでください！　ここまで来たんですから！」

その腕を摑んで引っ張る。

「本当に行く気か?」

「でなければ、ここまで連れてきていません。ほら、こっちです」

くそ、と忌々しそうに吐き捨てた後、ようやくあたしの後について歩き始めた。


「ここかぁ」

トタンで出来たガレージの前にCAR TECHとだけ書かれた看板がついていた。

思った以上に小さくて気づかなかった。

「ガレージが閉まってるってことは休みなんじゃないか?」

「どうでしょう……午後からかもしれませんし……」

看板には電話番号も書いてあるが、これにかけたところで怪しいセールスと印象は変わらないだろう。

どうしようか考えていると、

「隣が家だった」

先に進んでいた十郎丸さんが、そんなことを言ってくる。

二　姫宮《ひめみや》

「表札を見てみろ」

ガレージの隣の一軒家、その玄関にかかった表札を見ると、姫宮とあった。

「押しますよ……？」

玄関のインターホンに手を伸ばす。

十郎丸さんは、ああ、と他人事のように返事をする。

あたしのほうが緊張している。

伸ばす指も震えるほどだ。

意を決して、思い切り押した。強く押しすぎて突き指するかと思った。

ぴんぽーん、と呼び鈴が鳴った。

インターホンから、どちらさまでしょうか、という女性の声。

振り返ると、十郎丸さんは顎でゴーサインをあたしに出す。

怪しくならないよう、慎重に言葉を選ぶ。

「姫宮さんの小学校の時のクラスメイトの者です。ここで働いていると知りまして、久々にお話でも出来たらと伺いました。姫宮さんはいらっしゃいますでしょうか」

「あの子なら、死にましたよ……とか言われないといいな」

「黙っててください」

その声がインターホン越しにも伝わってしまったのか、しばらく沈黙が続いた。余計なことを……と思うが、等身大の十郎丸さんと会ってもらわないと意味がないので、仕方ないと割り切る。

それにしても、反応がない。

もう一度押そう、と指を伸ばしたところで、玄関のドアががちゃりと開いた。

Tシャツにステテコという休日感丸出しの冴《さ》えないおじさんが出てきた。

「あ、姫宮さんのお父さんですか?」

「息子に何か用?」

「お母様には説明したんですけど、小学校の時のクラスメイトの者です。ここで働いていると知りまして久々にお話でも出来たらと伺いました」

「まだ小学校にも上がってないけど」

「え」

びっしりかいた汗が瞬間的に冷える。そのまま体が凍りついて、動けなくなるほど。

なんて勘違いをしてしまったんだ、あたしは。

このひとが姫宮さんだ。

どうして冴えないおじさんだなんて思ってしまったんだ。

失礼だ。

姫宮さんにも、十郎丸さんにも。

でもひとつだけ言い訳が許されるのであれば、十郎丸さんとは同い年にはとても見えなかったのだ。それこそ、親子ほどの年齢差を感じた。

何か言わなければ。相手も怪訝そうな表情であたしの言葉を待っている。

でも、なんて言えばいい？

あたしが氷のように固まっていると、

「私たちは未来人なのだよ」

十郎丸さんがそう告げた。

「つまり、息子と未来でクラスメイトになるって？」

「ああ」

「その息子とどんな話を？」

本気にはしていないだろうが、話には乗ってくれている。

「ピアノを習わせろ。やりたがる頃には遅すぎて、絶対音感がつかない。それをコンプレックスに生きることになる」

「そう言うあんたは？」

「作曲家の十郎丸」

あたしはとっさに携帯のサブスクリプションを立ち上げ、そのクレジット表示を姫宮さんに見せる。

「PassWord の新曲で今日本で配信一位の作曲者です！」

「その曲は知ってるけど……え、ほんとに？」

漫画のキャラクターのように目を丸くして、そのクレジットと十郎丸さんを交互に見た。

「はい」

深く頷いてみせると、姫宮さんは丸まっていた背筋をしゃんと伸ばした。

「そんな方だったとは……それは妻とも相談しておきます」

「伝えたかったのはそれだけだ。用は済んだ。いくぞ、時椿くん」

「え？」

十郎丸さんに手を摑まれ、強引に姫宮さんから引き離される。

こんなにあっさりと、再会を終わらせてしまうというのか？

玄関が見えなくなったところまで来ると、ようやく離してくれた。

「あれだけでよかったんですか？」

まったく期待していた通りには進んでいなくて、駄々っ子のように訊いてしまう。

「呪いは解けた」

風は吹いてなかったが、汗が一気に引いたような涼しげな顔でいる。その一言に渦巻く思いの一片たりともわからない。たくさんの期待を抱いて、再会したはずなのに、どうしてこうもあっけらかんとしているのか。

「なんの呪いですか？」

だから続けざまに問う。

「これであいつの夢を見ることはない。記憶が更新されたのだからな」

これで今生に未練はなくなったとばかりに言われ、あたしはまたも不安の底に落ちてしまう。

こんな結果は望んでいなかった。もっと昔の思い出語りをして欲しかった。一緒に過ごした幼少期の頃の話を。それがちょっとしたきっかけになって、お互いの連絡先を交換し合い、そこからはちょっとずつあたしの手助けなく、自力で立ち、人生を歩き始めてくれる。そんな結果になればいいと期待を寄せていたのに。

そんな複雑な思いも届いていないのか、十郎丸さんは駅への帰り道を広い歩幅で突き進んでいく。まるで過去と決別するように。

引き留めたくて手を伸ばしてみるが、虚空を掻く。

だって、あたしは十郎丸さんの生きてきた時間を知らなかったから。あたしの歳ですら、毎晩のように初恋の相手の夢を見るのであれば、それは呪いに等しい。水に溺れ続ける悪夢のようなものだ。

そんな耐えがたい呪いから解き放たれた相手を、どうやって食い止めようというのか。

あたしには不可能だった。

だから必死に追うだけにする。無駄話もせず。

でも、それでよかったのだろうか。

そんなことを目的に、あたしたちはこんなところまで遠出してきたのだろうか。

心に穴が空いた気分だ。その端に摑まって、なんとか自分を保っている。ただそれだけだった。

もっと後ろ髪を引かれていたら、場を繋いだのに。もっと後悔してくれたら、力尽くでもなんとかしたのに。

あまりに何もしてくれなくて、流されるままになってる自分で、心底情けない。それは、今日に始まったことではない。ずっとこんな主張のない自分を抱えて生きてきた自分の弱さだ。それをペンキ缶に足を引っかけて零してしまったかのように露呈してしまった。

名古屋まで来たんだから、名古屋メシを食べて帰ることになった。

呪いが解けたことに気を良くしているのか、不気味なほど和やかだった。

でもあたしはもっと大きな呪いを解かなくてはならない。

それは、人生という名の呪いだ。

三　名だたる偉人たち

名古屋駅構内で手羽先の専門店に入った。

なぜ手羽先になったかというと、酒のつまみになる、それだけの理由からだった。

そもそも食べ方がわからず、どうしても身が残ってしまう。どのタイミングで食べ終えたらいいのかがわからず、ただの一本としばらく格闘する。思っていた以上に身が細くてどれだけ食べてもお腹は膨れそうになかった。あるいは、それはショックから満腹中枢が狂っているのかもしれない。

ひたすら、淡々と食べ進めた。

十郎丸さんは、何度となくお代わりを告げた。一皿につき十本が盛られていた。

そして、訪れて欲しくなかった瞬間が唐突に訪れた。

新しく盛られた皿が配膳されたところで、店員に向けて、開いた手のひらを突きつけた。

もうお代わりは結構、という合図だ。

時間がない。

その十本を平らげた後は、もう帰るだけになってしまう。

タイムリミットはほぼゼロになろうとしている。

手羽先で数えるなら残り十だ。

十郎丸さんはあたしと違って、器用に食べ進めていたから尚更短く感じる。

残酷なことに、恐ろしい速さでそのひとつを手に取り食べ始める。

残り九。

もっとゆっくり食べて欲しいと頭の中で懇願する。

骨が喉に引っかかって、永遠に取れないでいて欲しいぐらいだ。

それぐらい十郎丸さんに居なくなって欲しくない。

でも、それはただのわがままなのだろうか?

自分でも、それがどんな感情に端を発しているのかよくわからない。

十郎丸さんがスピーディーに食べ進めていく姿を前に、嫌な汗をかき、ただただ焦るばかりだ。

「どうした？　食べないのか？」

あたしが食べたら、タイムリミットを減らすことに協力することになってしまうんですよ！と心の中で叫ぶ。

どうしよう……。あたしは頭を抱える標本みたいになって考える。

こうなったら、本来十郎丸さんを止めるべきだったひとに相談するしかない。

六日前の崖で、一旦通話を切った祖父にだ。あの日から巻き起こったことをすべて話そう。

「すみません、お手洗い行ってきます」

「ああ」

席を立ち、一旦店を出て、駅構内の隅から祖父に電話をかける。

呼び出し音が続く。食事中だったり、入浴中だったりしたら、後回しにされるかもしれない。

それだけはないことを祈る。こっちには一刻の猶予もないのだ。

呼び出し音が止まる。出てくれたのだ。

「もしもし、じっちゃん？」

「おう、ばっきーかいな。どないしたんや」

久々に聞く祖父の声。なんだか安心する。しかし、よくよく考えると、時椿家の人間は全員ばっきーではないか。どんなあだ名だ。いや、今はそれどころではない。

「実は六日前に、崖で監視してた時に自殺しようとしてたひとを引き留めて、今はうちに泊まってもらっているんだけど、明日には居なくなるって言ってて、もうあたしには止めようがなくて……」

「そら大変やないか。どないな事情で死にたい言うとるんや」

「特になにがあったってわけではないんだけど、生きること、それ自体が辛いみたいで……」

「他には、どないなことを言うとるんや」

あたしは出会ってから、十郎丸さんから聞かされてきた言葉を思い出してみる。

「私はとても無知で、どんな世界が待っているかを知りたい。その情熱が私をポジティブにしているって言ってた」

「ソクラテスやないか」

「ソクラテス？　あの哲学者の？」

「せや。そのひとは哲学に詳しいんか」

「それはあたしも訊いてみたんだけど、知らないって。勉強は大嫌いだって言ってた」

「ソクラテスやで。他にはなんて」

「私はどうにも、ひとが不思議に思わないことに疑問を持ちすぎる。とにかく疑う。何が真実なのだろうとばかりに疑いまくるって言ってた」

「デカルトやないか。他にはなんて」

「そもそも我々人間はことごとく死ぬという前提がある。ゆえに私という人間も死ぬんだって言ってた」

「演繹法《えんえき》。デカルトやないか」

「対象をそのまま認識していたのではなく、対象の認識は、先天的な何かで行われていたように感じるって言ってた」

「コペルニクス的転回。カントやないか」

「結局のところ、我々人間は人間の感知出来る世界しか知り得ないとも言ってた」

「完全にカントやないか」

「次の世界に進んだ存在に、実は世界とはこんな形だったんだよ、と教えられてもいい頃だ。それを否定する人間もたくさん居るだろうが、そういう意見を積み重ね、我々は世界の本当の姿に近づいていくのではないか？　とも言ってた」

「弁証法。ヘーゲルやないか」

「この悩みは私が死ぬまで続く。死に至るまでの病とも言えようとも言ってた」

「死に至る病。完全にキルケゴールやないか」

「人間はなんの意味を持たずに生まれて存在しているとも言ってた」

「実存主義。キルケゴールやないか。あるいは、サルトルかや」

「まるで自由の刑ではないかとも言ってた」

「せやったらサルトルや。完膚なきまでにサルトルや」

「人の本性は悪だと言ってた」

「荀子《じゅんし》やないか。孟子《もうし》の性善説を飛び越えて、荀子の性悪説にまで至っとるやないか」

「気づいた時にはこの世界に放り込まれている。それはすごく残酷なことだと思わないか？　勝手に死へのスタートを切らされているとも言ってた」

「ハイデガーやないか」

「神はきっと死んだのだとも言ってた」

「ニーチェやないか。ニーチェの代表的なフレーズやないか」

「ひとはなんとなく惰性で生きている人生が不毛であることにいつしか、はっ！　と気づいて、世も末だ……と言い続けるだけの世も末人に成り果てるだろう、とも言ってた」

「完全にニーチェのいう末人《まつじん》やないか。言葉のチョイスまで奇跡的に近いやないか」

「そんなひとなんだけど……」

「名だたる哲学者が考えてきたことをたったひとりの人間が自力でかいな……信じられへん。結構な奇跡やで。そのひとすごいで」

「そうなんだよ！　作曲家で、配信一位の曲を作っちゃうぐらいで、あたしもすごいひとだと思ってて！」

「いや、その事実が霞《かす》むぐらいすごいことをそのひとは考えとるで」

「え、霞むって、なんで？　作曲家としてすごいんだよ？　霞ませないでよ！」

「いやいや、霞む。違う意味ですごすぎる」

「いやいや、配信一位だよ!?　今日本で一番売れてる曲を作ったひとだよ!?」

「いやいや、霞む霞む。なぜなら違う意味ですごすぎるからや」

「いやいや……」

いやいや大会になる。

待て待て。

「一回落ち着こ」

「せやな」

こっちも関西弁になってしまう。

「で、最終的にそのひとは何を考えとるんや。死のうとしてるひとにこう言うんもなんやけど、興味が尽きんわ」

「死んで、外側の世界の存在や話をあたしに伝えるって言ってた。ひととは何か。なんのために生きるのか。魂の仕組みとは。世界はどのような形で存在しているのか。そういった事柄の答えをだって」

「哲学者が未だに答えを見つけられんでおる真理やないか」

「あたし、そんなこと知りたくないし、教えられるのも恐いし、なにより十郎丸さんに死んで欲しくない!!」

ほとんど叫び声になってしまっていた。

「ばっきーは、そのひとのことが好きなんやな」

その言葉を聞いて、あれ？　と思う。

何があるわけでもない目の前のコンクリートの壁をじっと見てしまう。

そうだ。じっちゃんに言われるまで気づかなかった。

ずっと、自殺を思いとどまらせるにはどうしたらいいかばかりを考えてきたけど、あたし自身の気持ちを考えたことがなかった。

十郎丸さんのことを考えると、切ない気持ちになると同時に、胸の辺りが暖かくなる。

目の前の壁にそっと手を当てると冷たく、その温度差にびっくりするほどだった。

ああ、あたしは十郎丸さんのことが、好きだったんだ。

必死になっていたのは、だからだったんだ。

そのことに気づいた。

「せやったら、そのことを伝えたらええんとちゃうか」

そうか。そんなこと考えもしなかった。

壁に当てていた手をぎゅっと拳に変えて、力を籠める。

なんだか、あたしの中で覚悟が決まった。

「そうだね。その通りだ。ありがとう、じっちゃん」

電話を切って急いでお店に向けて駆ける。

胸につかえていた重しが取れたかのようだ。こんなに自分の体が身軽だったことに初めて気づいた。

まるで背中に翼が生えたかのようだった。足取りも軽く、揚力を感じるほどだ。まさにペガサスになった気分だ。

神話になりそうな速さでテーブルに戻ると、十郎丸さんは最後の一本を食べるところだった。

息も一切乱れていない。今体内で、どんな現象が巻き起こっているのか皆目見当もつかない。

「私はこれでお仕舞いにするが、どうする?」

そんな神々しいはずのあたしは普段通りに見えるようだ。

「あたしも充分です」

胸が高鳴って、食事どころではなかった。

四 伝える思い

「あの」

家についてから、お茶を入れる。

ただのティーバッグだったが、必要以上に蒸らしてしまって、濃すぎたかもしれない。それほど、緊張している自分が居た。

遠くから消防車のサイレンが聞こえてきた。闇を切り裂いて走っているのだろう。今日の湿度はとても低そうだったから、火事も発生しやすいのかもしれなかった。でもそんな対岸を憂慮しているほど、今置かれてる立場に余裕はない。そっちはそっちで懸命な人命救助に努めて欲しいし、あたしだってそれは同じだ。

十郎丸さんがいつものように枕に深く頭を沈め、携帯をいじり始めた。

「あたしは、十郎丸さんの感じる生きる苦しさや辛さとか、そういうのはわかりません。きっと永遠に」

「そうだろうな」

携帯の画面を見たまま、受け流される。

「でも、十郎丸さんが何に対しどう感じているかを、隣で聞いて、感じることは好きでした。だから……」

口籠もってしまう。すっと言わないと、つっかえて永遠に出てこない。指だけがわなわなと蠢《うごめ》く。だから早く言うんだ、と自らを急き立てる。

「一緒に暮らしませんか？」

伝えた。

ぶわっと鳥肌が立つ。頭の先から、つま先まで。緊張と恐怖と焦燥と切望が混濁している。まるで断頭台に首を置いた気分だ。こんな感覚を初めて味わった。

だが、十郎丸さんはなんの反応もなしに携帯画面をスワイプさせていた。

「今の部屋はペット不可なので飼えないのですが、ふたりで家賃を折半して、猫の飼える部屋に引っ越して、そこでふたりでの生活を始めてみませんか」

そこまで具体化して伝えると、

「なんの冗談だ?」

ベッドから首を起こし、ようやくあたしのほうを見てくれた。

「いや、本気なんですけど……」

「だから私はお前をこれ以上巻き込むつもりなどない、と言っているだろう」

再び枕に頭を沈める。

「あたしだって猫は好きです。巻き込まれるなんて思ってません。あたしはちゃんと大学には行きますし、十郎丸さんは家に居て、仕事をしていたらいいじゃないですか。そしてそこには常に猫が居るんです」

「私は猫狩り族だから、猫が可哀想だ」

「すべての猫が人嫌いなわけではありません。十郎丸さんに懐く猫を探したらいいじゃないですか。そういう猫も居ますってば。猫の相手をしていれば、時間なんて一瞬で過ぎますよ。時間があるなら、動画でうちの猫の可愛さを公開しちゃうのも楽しいと思います」

そう捲《まく》し立《た》てる。

「馬鹿な。ああいう動画で勝手にセリフをつけられる猫の気持ちになってみろ。絶対思ってもいないことを言わされているぞ」

「動画はどうでもいいです。あたしたちと猫との暮らしです。そんな生活を想像してみてください。それは考えられる一番幸せな暮らしじゃないですか?」

十郎丸さんは携帯を握っていた手をベッドに放り出し、天井を見上げた。

「お前が可哀想だ」

特になんの感情も籠もっていない言葉。

「だから、迷惑なんかじゃないですってば」

「こんな異常な人間と暮らしていたら、お前が幸せになれない。それだけは避けなければいけない事態だ」

「幸せになれます……」

声が小さくなってしまうが、ちゃんと伝えなければならない。

「だって、あたしは十郎丸さんのことが大好きなんですから！」

十郎丸さんは跳ね上がるように上体を起こすと、は？　という顔で見てくる。

やめて。恥ずかしい。でもここまで来たら、押すしかない。

「だから、一緒に暮らしましょう」

なんだ、もう、プロポーズのようになってるじゃないか。

しかし、十郎丸さんはそっと背中を向ける。どうしてこっちを見てくれないんだろう。

細かく震えてさえいる。群れとはぐれた狼のように。

「言っておくがお前の知っている私は、たかだかこの六日間の私なのだ」

重苦しい話をするためだ。十郎丸さんは自分の腕をもう一方の手で摑んで、何かを表した。

「これでも私なりに抑え込んでいたつもりなのだよ。私は繫がれていたほどの異常な人間なのだぞ？」

だからなんだと言うんだろう。しかし腕の皮膚をひっかくほど爪を突き立てた。

それをゆっくりと、やがて激しく動かし始めた。

そんなことをしたら、皮膚を破り、流血してしまう……。

「やめてください……‼」

叫ぶが、聞き入れてもらえない。

それが表すのは、ただひとつ。異常性だった。

「これ以降も抑え込んで生きることは不可能だ。溜め込んでいたぶん、噴火のように噴き出すだろうな。そうすれば、お前は私の面倒を見なくてはならなくなる。大学にも行けなくなる。結局精神科病院に放り込むことになるだろうな」

その声さえも、吹雪に晒されているかのようにおののいていた。だが、立ち向かわなければと自分を奮い立たせる。

「そんなことはしません！　ずっとそばに居ます！　大学だって辞めても構いませんし、ずっとそばに居られるような仕事も探します！」

「それのどこが迷惑じゃないのだ。お前の青春が失われてしまう」

「別にそんなもの要りません！　十郎丸さんのために費やします！　十郎丸さんの曲が次に配信一位を取ったら一緒に喜びを分かち合いましょう！　そういう友達になりたいんです！」

ようやく引っ掻く手を止め、こっちを向いた十郎丸さんは、いつもの毅然とした表情でいた。

「私はそういう奴は嫌いだ。言っただろう。世界の誰もが敵に回っても僕だけは味方で居る、と言う奴に限って、すぐ敵側に寝返る」

これまでも辛辣な言葉を吐かれてきたが、その中でも一番ショックだ。泣きたくなる。

肩を落とし、うなだれてしまう。勢いで眼鏡がずれる。視界がぼやける。

「だがな……どうしてだろうな」

顔を上げると、十郎丸さんはちょっとだけ悩ましそうに小首を傾《かし》げている。

「お前だけはそうならない気がする」

思いも寄らない言葉に、弾かれたように背筋が伸びる。

「はい、なりません！」

眼鏡のブリッジを押さえて視界を整え、しっかりとそう返事する。

「お前みたいな奴には初めて出会ったよ。まずなんだ。部屋を探すのか？　里親募集の猫を探すのか？」

「え……本当にそうしてくれるんですか⁉」

「なに提案してきたお前が驚いているのだ」

そんな……まさか、あたしなんかの言葉が初めて響いてくれた。

「よかった……」

泣きそうだ。さっきとは正反対の感情、嬉しさで。

「仕事のほうはどこでも大丈夫なんですか……？」

「今の時代、ネット環境があれば大丈夫だ」

「だったら、まず部屋を探しましょう……」

半分泣き声になってしまう。

「結構、ここでの生活が気に入っていたんだがな」

「いや、ベッドしかないですから……。ふたりの部屋もあって、駅からは遠くなるかもしれませんが、十万もあれば見つかると思います」

早速あたしは携帯で調べ始める。

「私が現れてからというもの、お前の人生大忙しだな」

「むしろ、目的もなく生きていたあたしが生き甲斐を見つけたと言ってください。あたし料理が好きなんで、軽食を出す喫茶店のようなものが出来たらいいなぁ」

「ああ、タコライスが作れるんだったな」

「もっと凝ったものも出来ますよ？　そして、そのテーブルのひとつは十郎丸さん専用の作業デスクなんです」

「作りかけの新曲がダダ漏れになるだろ」

「それは問題ですね……」

「まあ、ヘッドホンでなんとでもなるがな……かと言ってガチでＤＴＭしてるやつが居座っている喫茶店は流行りそうもない」

「そうですか？　すごい作曲家が居る店なんて、文豪が愛した名店、みたいに流行ると思うんですけど」

「それは死後の話だろ。生きようとした途端、殺すな」

そう言って、ちょっと笑ってくれた。意図せずブラックジョークになっていたからだろう。

「店内のＢＧＭはジャズがいいなぁ」

そんなことを夢想する。

「言っておくがな、作曲家の一番の苦痛は、大好きな音楽を聴きながらは作業が出来ない点だからな」

「え、どうしてですか？」

「別の音楽が流れていたら、そっちに意識が持って行かれるだろ。お前は、英語のリスニングテストを受けながら、同時に英語の筆記テストを解けるのか」

「なるほど……それと一緒の感覚なんですね。でもまあ、十郎丸さんはヘッドホンで耳を塞いでいたら、なんとかなるんじゃないですか？」

「密閉ダイナミック型のモニターヘッドホンは長時間つけていると耳が痛くなるから苦手なんだけどな」

十郎丸さんはやれやれと立ち上がり、流しに向かう。

まだ早い時間だ。睡眠薬を飲むわけではなさそうだ。

「お茶のおかわりならあたしが入れますから」

「これぐらい私にさせてくれ。じゃないと、お前が大変すぎるだろう。家賃と同じだ。これからはやることも折半していかないとな」

なるほど。そうかもしれない。

「ほら、冷めただろう」

手を伸ばして、狭い床のスペースに置かれた冷めたマグカップと、新しく入れ直したお茶の入ったマグカップとを入れ替えてくれる。

少しだけ不安がよぎる。

「まさか、睡眠薬が入っていて、あたしが寝た隙に居なくなる、なんてことしないですよね？」

それをそのまま言葉にしてみる。

「そんな映画みたいなことはしない。そもそも、すぐ寝てしまう強力な睡眠薬なんて処方されるはずないだろ。私だって気休めに飲んでいるだけだ。飲んで布団に入らないと、飲んでいないから寝られないのでは？　と考えてしまい寝られない。もしそれがただのビタミン剤に入れ替えられていたとしても、飲んだ安心感から私は眠れるだろう」

「ヒプリーボ効果というやつですね」

「恐らく違う。似た感じのを言いたかったのはわかるが、なんだその初めて聞く斬新な言葉は。なんの名前でもないわ。相変わらず、馬鹿なのか天才なのかわからない奴だな」

あたしは安心して頂くことにした。

これから、十郎丸さんと猫と過ごす毎日が訪れるのだと考えると、幸せな気持ちになってくる。

　このふわふわした感覚は、きっと十郎丸さんの言うところの脳内物質とやらが溢れ出ている からなのだろう。

　そうして、ごろごろにやにやしながら新しい部屋を探していると、手に力が入らなくなって 携帯をぼとりと落としてしまう。

　なんだ？　体に力が入らない。そして強烈な眠気が襲ってくる。

「二〇一五年に劇薬として販売停止された強力な睡眠薬だ。今では違法ドラッグとして闇取引 されている。いざという時のためにそういうものも私は溜め込んであるのだよ。もちろん合法 の時にな。初めて飲むなら強烈かもしれない。そのまま眠るがいい」

　直線のはずの柱が歪《ゆが》んで見えた。この視界の揺らぎはなんだろう？

　そう考えているうちに、何もかもがブラックアウトした。

第八章　世界を去る日

一　猫狩り族のアカウント

目覚める。

ぼやける視界で十郎丸さんのベッドを見ると、空っぽだった。

慌てて、眼鏡をかけても同じだった。

まずい、探さないと。

急いで立ち上がると、頭がふわっとして平衡感覚を失い、壁に肩から激突した。

痛い。痛いけど、追いかけないと。

なんとかドアまで辿り着き、開けたところで足が止まる。

あたしはどこを探すというのだろう?

塔神坊の崖か?

まさか、同じ場所を選ぶなんてことはしないだろう。だって、あたしが通報する可能性がある。

別の場所を選ぶはずだ。

冷静になれ。

部屋に戻り、流しでコップに水を注ぎ、ぐいっと飲み干す。

時間は朝の八時。眠りに落ちた時間にはもう電車は動いていなかったから、十郎丸さんも朝の始発で出たはずだ。つまりは向かった場所さえわかれば、二時間差で追いつける。

電話をしたら、出てくれるだろうか？

携帯の画面を見つめていると、着信が来て驚く。

画面には遠坂くんの名前。

「はい！」

急いで出る。

「遠坂だけど、いきなりでごめん。起きてた？」

「大丈夫だけど、何かあった？」

「時椿さんの知り合いの先輩が、今朝謝りに家まで来た」

え、と絶句する。

どうやって遠坂くんの家を知ったんだ？　そういえば、一度だけ十郎丸さんに携帯を貸したことがある。あの時に自分の携帯に連絡先を移したのかもしれない。

「また何かあったんじゃないかと心配になってさ……」

そんなのって、まるで終活じゃないか……。まるでではない、そうとしか考えられない。

あの日のことを悔いていたんだ。

「他には何か言ってなかった⁉」

「それ以外は特に……」

「ありがとう。急いでるんで、切るね」

「うん。何かわからないけど、上手くいくように祈っているよ」

通話を終える。

ということは、二時間差よりももっと短いかもしれない。遠坂くんの住むアパートに謝りに行っているからだ。

だとしても、行き先の手がかりはまったくない。

本当にないのだろうか……。

考えろ。

十郎丸さんが行くとしたら、どこだ?

これまでの発言の中に、そのヒントはなかっただろうか?

よく思い出せ……。

頭をフル回転させる。このところ回転させすぎて、ショートしそうだ。

何か特徴的なことを言っていなかったか……?

あるいは、言わせなかったか……?

……二人の会話に、なにか他では絶対に聞かないようなキーワードはなかったか。

そうだ。猫狩り族。

あたしは携帯を取り出し、ＳＮＳ上でその言葉を検索する。

ヒットした。

恐る恐るそのアカウントを覗く。

『そんな私は猫狩り族だそうだ
どんな存在だ
そもそも猫は狩る側だ』

というテキストが現れた。

アカウント名はkuroumaru。漢字にするとひとつ足らない気がするが、でもこれが十郎丸さんのアカウントであることは間違いない。

画面をスクロールさせていくと、この六日間の感想が並べ立てられていた。

それをじっくり読みたいところだが、今欲しいのは、十郎丸さんが行きそうな場所の情報だ。

さらにスクロールさせていくと崖の写真が二枚見つかる。

ひとつは塔神坊で『達成率70％』とある。もうひとつの画像には『恋人の聖地、皮肉でいい』とある。

自分のアカウントで、恋人の聖地、崖、で検索をかける。

四断壁《よんだんべき》。紀伊《きい》半島にある自然景勝地。

第一候補が塔神坊だったのだとしたら、第二候補はここだ。

行こう。

あたしはしっかりとした足取りで部屋を出た。

文字通り電車に飛び乗った。

ここからは、乗り換えを二回もしないと着けない。

各停の扉が開くたびに、早く閉まれと念じる。

普段だったら何も思わない旅行会社の車内広告に躍る『もうすぐ夏が来る！』というフレーズが今のあたしには嫌みに映る。その夏が来る前に居なくなってしまう人間だって、世の中にはたくさん居るはずだ。

みんなが当たり前に来ると思っている明日ですら、今のあたしにとっては不確かで、おぼろげだ。

目的の駅に到着し、新幹線に乗り換える。切符が出てくるのさえ待ち遠しかった。

乗り込んだ後は、ここから焦っても速く移動出来るわけでもなく、自由席に座ることにした。

マンション、低いビル、建設中のビル、住宅街、工場地帯、グラウンド、川、その土手、お墓、鬱蒼《うっそう》とした森、暗いトンネル。

窓の外を流れる景色の移り変わりが緩慢に映る。

十郎丸さんは約二時間前にこれに乗ったのだろう。果たして間に合うだろうか。

警察に電話をすることだけはやめておいた。

それは十郎丸さんに対する裏切り行為だ。

——警察でも呼ぶ気か？　あるいは救急車か？　私の話を聞いていたなら、それがどれほどひどい仕打ちになるかわかるだろう？

あの、恐ろしい目つきを思い出す。

そんな安易な解決策を取ったら、あたしは一生恨まれるだろう。

そして、もっとひどい結末を迎えるだろう。

あたしはあたしの力で止めてみせる。

警察の力を借りるなら、最初からそうしていればよかった。

そうしなかったのは、十郎丸さんに対するあたしなりの誠意と覚悟だ。

でも、それで間に合わなかったとしたら……？

そうしたら、あたしは十郎丸さんの家族に責められるだろうか？

よくわからない。

景色よ、流れろ。

早くあのひとの元まで連れて行っておくれ。

祈りながら、十郎丸さんがＳＮＳ上に残したこの六日間の感想を読むことにした。

『おはよう、世界
今日は死ぬ日だ

特にどんな感情も湧かない

面倒で苦痛だった生きることをやめられることにだけは清々する

ということは、そうだな、清々《すがすが》しい気持ちだ』

『関取のような苗字の奴に止められて、そのおかしな苗字に免じて、死ぬのは五日間延期することにした

たまに天を見上げてそこに御座《おわ》すであろう神に唾を吐きかけるロックなやつだ

眼鏡をかけているので、ロックメガネと呼ぼう』

『ロックメガネの家に泊まることにした

ベッドと布団とシーツと枕をポチる』

『おはよう、世界

寒

ほんとに春か』

『ロックメガネの大学までついていく

金を払ってまで勉強したいというやつの気が知れない

私ももっと音楽理論を勉強すれば、いろんな曲が書けて便利なんだろうけど、いかんせん勉強が嫌いすぎる』

『カラオケに連れて行かれた
カラオケという娯楽がそもそもわからない
誰かに聞いてもらえるほどの歌を歌う自信がみんなにはあるというのか？
私にはない
ないが、歌ってもらうことで私にお金が入るのだからみんなばんばん歌ってくれ
次振り込まれる頃には私はこの世にいないだろうが、親の手には渡るだろう
せめてもの親孝行だ』

『歌ってみたが見ろ
ひどいことになった』

『おはよう、世界
まだ私は生きなければいけないのか？』

『ロックメガネに痛いところを突かれた

ロックメガネの言う通りだ
自分の愛する音楽の仕事を馬鹿にされたようで子供のようにキレただけだ』

『初めてジャズのライブを観た
格闘技のようなライブで、すごさに足がすくんだ
ロックメガネは毒されていたが、これからジャズばっか聴くようにならないのか？
私の曲も好きでいて欲しい』

『おはよう、世界
今日は昨日より暖かいな
少しだけ生きやすい』

『弓ってなんだ
馬鹿じゃないか』

『水族館に行くことになった
ロックメガネが言うには楽しいらしい
本当か？』

『端くれという言葉は褒め言葉ではない
馬鹿じゃないか』

『イルカショーを観た
それ自体はどうでもよかったが、ロックメガネはなんだか存在が面白い
相変わらず天に唾を吐いて地味な容姿でロックしている』

『疲れた
おやすみ、世界
ただ、ロックメガネといることだけは楽しい』

『遊園地に行くことになった
ロックメガネとだから行ってやるが、他のやつとはごめんだ
私はデートですら遊園地に行ったことがない』

『仮想空間で戦った
ゾンビを倒した

海賊を助けた
全部ロックメガネひとりで
それを見ているだけで私は楽しい
一緒に居てこんなに楽しい奴は初めてだ』

『猫カフェに初めて来た
まったく猫が寄ってこなかった
そんな私は猫狩り族だそうだ
どんな存在だ
そもそも猫は狩る側だ』

『人生で一番美味い最強焼きを食べた
誤字った
西京焼き』

『私の提案で明日は海に行くことにした
ロックメガネとなら、面白いことが起きるかもと期待して』

『疲れた
おやすみ、世界』

『久々に公道を走った
教習所に通っていた時以来だ
素晴らしい走りであっという間だった』

『いい歳して、波打ち際を走った
いい歳して、泣いた
いい歳して、泣き叫んだ
素直におめでとうと言えない私は
やっぱり死にたいと思った』

『旅館に泊まり、露天風呂に入った
まるで満喫しているように見えるかもしれないが、私は常に死にたい
よくわからない流れで死ぬ日を延長し、初恋のひとに会いに行くことになった』

『おはよう、世界

相変わらずこの世界か
絶望するな』

『初恋の相手に会った
まあわかっていたが、経年劣化がひどかった
お互い様だと言われそうだが、私は結構維持しているほうだ
年齢を言うと、必ず驚かれる』

『ロックメガネが一緒に暮らしましょうと言ってきた
正直に言うと嬉しかった
感情なんてとっくの昔に死んだと思っていたのに思わず泣きそうになって目を逸らした
ずっとそばに居てくれ、と言いたかった
猫も飼って、ふたりと一匹で暮らしてみたかった
喫茶店もいい
私の作業デスクもあって、隣にはロックメガネと猫が居る
それは私の想像し得る一番幸せな風景だ
でもな
そんなこと出来るはずがないだろう?

なぜなら、ロックメガネには幸せになって欲しいからだ
それに対して私はあまりに不釣り合いだ
人間の失敗作のような存在だ
なあ、神様
私はロックメガネに相応しい人間に生まれたかったよ
そうしたら、私も幸せになれたと思う
けど、こんな安らかな寝顔をしている奴の人生まで壊してはならない
猶予も尽きたことだし、私はここいらで退場だ
今度こそ抜かりなく、死んでみせる』

『おはよう、世界
今日こそ死ぬ日だ
六日間先延ばしにしただけなのに、不思議だ
清々しい気持ちでなくなっている
もしかしたら寂しいのかもしれない
この世界から居なくなることにか？
それだけはない
だから死ぬ日には変わりはないが、こんな感情は初めて抱くな』

溢れてくる涙を堪えながら読んだ。

あんなに遠くに感じていたのに。

人生を二回か、三回ぐらいやり直しているほど彼方に居たひとの、こんな近くにまで来ていただなんて。

だったら絶対に、追いついてみせる。

ぐっと拳を握りしめる。

二　再会

新幹線を降り、急行列車に乗り換える。これが最後だ。

車内はあたしの心境とは裏腹に、子供が喜びそうなパステルカラーに彩られていた。

色んなところに魚の写真と、ひらがなで説明が書かれており、数日前に行った水族館を思いだす。

あの日は、あんなに平和だったのに……いや、それはあたしの中だけか。

ずっと十郎丸さんは苦しんでいたんだ。でも、楽しんでもいてくれた。

だからあたしは自信を持って迎えに行く。

水平線だ。窓の向こうに見える。すぐそこまで来たんだ。

目的の駅に到着する。なんだか山小屋みたいな駅だった。

改札を抜け、駐まっていたタクシーに乗り込む。

展望台まで、とにかく急いでください、と伝えた。

一体いくらかかるかなんて知らない。

パスタ、ピッツァ、フラワーミュージアム、SEA FRONT、みかん直売、天然発酵パン、海と自然教室、いろんな看板の文字が通り過ぎ、やがて木立に囲まれただけの道が続いた。

その木々が切り開かれた駐車場に辿り着く。

タクシー代を支払い、降りる。

まず展望台を目指そう。

携帯の地図アプリで確認しながら走る。必死に。

土産物屋さんが建ち並び、観光客らしきひとも見かける。

四断壁だって、恋人の聖地と呼ばれるほどの観光スポットだ。

だからといって安全なわけではない。

塔神坊もそうだが、道も舗装されていて、崖まで簡単に行けてしまうところが危険なのだ。

立ち入り禁止のロープをくぐることなど造作もない。

つんと潮の匂いがした。

青々とした海が見えてくる。

本当に居るのだろうか。
切り立った崖の先に人影を見つけて、全身から汗が噴き出した。
出会った時と同じ服装だから間違いない。
止めなければ。
急げばまだ間に合う。
申し訳程度の階段を駆け上がり、岩と岩の間を跳んだ。
何度もバランスを崩し、運動音痴な体を呪う。
だが急がなければ。
呼吸もしんどい。体力の無さも呪うが、それは自分の怠りだ。
後数歩。もうすぐ。
その背中にようやく手が届いた。あたしの気配は、波の音が消してくれていた。
腕を掴むと、こちらを向く。
「……なんでお前が居るんだ」
肩を丸くし、まるで何かに怯《おび》えているようだ。
「十郎丸さんのアカウントを見つけてです」
「そこまでしてどうして……」
その姿は身の危険を察知した野良猫のようだった。
すぐにも、しゃー！　と威嚇してきそうだ。

「もちろん、十郎丸さんと生きるためにです」

「私だってそれを願ったよ……」

視線を波打つ海に向けた。恐ろしく整った横顔は、美形な猫だった。

「だがな、私がそれを求めることは、結局のところお前の人生を私の利己的な都合で振り回して、無意味なもので終わらせてしまうに過ぎないのだよ。私は誰かに依存すれば、そいつの人生を食い潰してしまうだけの、ただの異常者なのだよ。お前が眠っている間にそれに気づいたから、やはり死のうと思ったのだよ」

「あたしの人生はそんなことにならないと言い切れます。なんの価値もなかった、このあたしにそれを見いだしてくれたのは、他でもない十郎丸さんです。十郎丸さんにとっての、初めての仲間と成り得たはずです。個性的で面白い、と言ってくれたじゃないですか。興味が尽きない相手だって。それは今まで出会ったきた誰も持ち合わせていなかったほどのものだったはずです」

言われた時はわかっていなかった。だがよく考えると、その答えに至ることが出来た。だから自信を持って告げた。

「勝手に都合よく捉えるな……」

もう片方の手で前髪をぐちゃぐちゃにしていた。

混乱している姿は何度か見てきた。でもこんなに紡ぐ声も小さく、自信をなくし、震えている姿は初めて見た。

遠い旅のようだったが、こんな近くまで来られた。

色んな十郎丸さんを知り、そして自分の個性にも気づき、「幸せ」というパズルのピースがすべて塡まる寸前まで。

今なら止められる。あたしの言葉は届く。

「一緒に暮らしましょう。猫も飼って。それはふたりにとって幸せな暮らしになります」

「私が異常者なことには変わりはない！　お前はまだ本当の私を知らないからそんなことを言えるんだ!!」

駄々をこねる子供のように言うが、あたしはまったく怯まない。

「この数日でたくさんのことを知りました。たったの六日ですよ？　これからもっと長い時間を一緒に過ごせば、十郎丸さんがどんなひとであっても乗り越えていけます。だって、この六日間でここまで」

さらに一歩踏み込んで、くっつくほど顔を近づける。

「ここまで辿り着けたあたしなら、幸せな毎日を送っていけます」

こんな前向きで、自信に満ち溢れている自分に驚きを感じるが、でもそれが今抱いている正直な気持ちだ。

そうしてくれたのも、十郎丸さんの存在のおかげだ。

当の十郎丸さんは大きく目を見開き、黙っていた。風が額に張りついていた前髪をほどいていった。

「……じていいのか……?」

風のせいで聞き取れなかった。

だが信じられないものを見る表情でわかった。それを訊いたはずだ。

「信じてください」

目は見開かれたままだったが、口の端が綻んだのを見逃さなかった。

届いた。

響いた。

ようやく。

ついに。

直後、十郎丸さんの体ががくんと落ちる。

「……!?」

本人も驚いた様子でいる。

足場だった岩が、崩壊を始めていた。

急いで引っ張り上げようと、あたしは体重を後ろにかける。でもずるずると引きずり込まれていく。

十郎丸さんと共に岩も落ちていく。

だが、絶対この腕だけは放さない。どうなろうとも。

十郎丸さんがこの世の終わりを見るような目であたしを見上げていた。

最後にあたしは自分の体重の軽さを呪った。

三　一国のお姫様

水に落ちるのは初めてだ。

小学生の頃、授業で水泳があったが、あの時だって、あたしは飛び込み台に立てずに震えていた。水が恐ろしかった。カナヅチだったからだ。

そのことを家に帰ってからお父さんに告げると、無理なんてしなくていい、と優しく言ってくれた。

そんな自分が、こんな高い場所から海に向かって落ちているなんて信じられない。

でも十郎丸さんの腕だけは放さずにいた。

すごい速度で落ちていく。

もう何がなんだかわからない。

目の前の青色が、空か海かもわからない。

次は水の中かと思いきや、映画でも観ているかのような風景が流れ始めた。

小さい女の子が鳥かごの前で泣いていた。

飼っていた小鳥がどこかへ飛んでいってしまったのだろうか。

その女の子は国王の娘だったようで、国王は国民に小鳥を探し出すよう命じた。

国民は仕事を放り出してまで、小鳥を探した。

そうしなければならなかったのだろう。

どれだけ長い時間探しても見つからなかったので、どんどんと国は没落していった。

食べ物がなくなり、飢えが蔓延《まんえん》した。

火事が頻繁に発生し、建物も燃え落ち、住む場所すらなくなった。

この国から逃げようとするひとたちがたくさん現れた。

だけど行き先などなかった。この国以外はすでに荒廃しきっていたからだ。

国王や、身分の高いひとたちは、宇宙に逃げることにした。

国民たちはそれを地球から見守るしかなかった。

地球は、小鳥が居なくなっただけで終わることになった。

なんという顚末《てんまつ》だろう。

あたしも人類の新天地となる星空を見上げていることしか出来なかった。

「走馬灯で未来を見るな。死ぬ間際まで斬新すぎるだろ」と声がした。

振り返ると、十郎丸さんが居た。口ぶりはいつも通りだったが、表情はやけに切迫感があった。

走馬灯？　もしかして、あたしは死ぬの？

手を伸ばすが、そんなものはなかった。

宇宙の一部のように成り果ててしまっていた。あるはずなのに、ない。見下ろすと、肉体もない。

十郎丸さんが遠のいていく。

いや、あたしが吸い込まれているのだ。

星々たちに。いや、星々も、吸い込まれていっている。

巨大な何かに。もしかしたら、新しい世界かもしれない。

十郎丸さんだけが、虚空に留まって、取り残されたようにあたしの意識を見上げていた。

もしかして、あたしのほうが先に世界の外側に行ってしまうのだろうか。

真理を知ってしまうのだろうか。

魂の仕組みや、世界の形を知ってしまうのだろうか。

届くかどうかわからなかったけど、言葉になるかわからなかったけど、最後にあたしは一言だけ伝える。


また会いにいくから生きて、と。


十郎丸さんは悲痛な表情を見せた。

届いたのだろうか、届かなかったのだろうか。

不安だ。

十郎丸さんの姿は容赦なく闇の彼方へと消え去り、あたしの意識は大きな何かに吸い込まれ、別の何かになった。

NEXT WORLD

無数の猫が入り浸る屋敷はものすごい獣臭がした。

壁や柱もずたずたに削られていて、まるで廃屋のようだ。

そこの主である老婆は、ごほごほと咳《せき》をしていた。揺り椅子に座っているものだから、激しく揺れた。

猫たちは、一定の距離を置いて、彼女を取り囲んでいた。

ちらっと壁の掛け時計を確認してから、猫たちに向け息を吐いた。彼女は話しかけたつもりだが、声帯はまったく動いていなかった。

直後、機械音がして、空っぽだった複数の皿に同時に茶色い塊がざらざらと注がれる。

猫たちは一心不乱にそれらを食べ始めた。

かりかりかりという音だけが響き渡る。

そんな中、

「猫狩り族の長よ……」

という声が唐突に老婆の耳に届いた。

この場所に自分以外の人間が訪れたのは、これが初めてだ。

だから老婆は驚いて、またむせて、激しく揺れた。

この時を待っていたのだ。十年、二十年、三十年、ずっとずっと待っていた。その日がついに来たような気がした。

来訪者は眼鏡をかけた女の子だった。

「あたしは、あなたが探し続けていたひとなのかもしれません」

老婆は息を呑む。そのまま呼吸が止まってしまいそうだった。白く濁った目を向けるが、女の子は古いデジタルデータのようにいびつに見えた。

「五十年前に起きた痛ましい事故の後、あなたはただひとりの会えるかどうかもわからない人を探し続けてきたんですよね？」

老婆は震えながら頷く。

本当にそうだ。あれほど死にたかった人生なのに、ずるずるとここまで生きてきた。

それはひとえに、彼女に言われたからだ、と果てしなく遠い記憶を辿る。

寂しすぎた人生を。

崖が崩れ、海にふたりで落ちた。

波に揉まれながらも、必死に海面から顔を突き出して、彼女は言葉を発したのだ。

また会いにいくから生きて、と。

それは決死の約束だった。

だから生きたのだ。彼女の言葉を信じて。いつか会いに来ると信じて。荒唐無稽過ぎて、時に何もかも忘れて死んでみようとも思った。でも、やっぱり信じてみた。途方もない時間を生きてみた。老いさらばえてからも、遠い約束を信じて、生きて、待ち続けてみたのだ。猫と共に孤独に。

「今でも特に人生辛度のような生きづらさを指し示す数値は存在しません。でも、随分と精神弱者には住みやすい世界となりました」

その通りだ。

でも老婆は一方で首を横に振りたかった。周りの状況は一変したが、結局のところ自分の本質はまったく変わっていなかったからだ。老婆にとって、五十年とは三倍の百五十年を意味し、その百五十年が短縮されることは今の今まで結局のところなかった。

「ここに住んでいたのは元は猫の長を名乗る女性だったそうですね」

その女性の死後、老婆が引き継ぎ、近隣に迷惑をかけないよう猫たちをしつけ育て、そして、猫が殺処分されそうになるたび、引き取ってきた。

「でもあなたはなぜか決して猫になつかれない。だから、猫狩り族の長と名乗りだした。そうですよね?」

老婆はまたも震えながら頷く。だが、その言葉を生み出したのは他の誰でもない。彼女だ。

「そして猫の動画を撮り、世に対する理不尽や生きるアドバイスをセリフとして編集し、ここから発信してきた」

あの日は「馬鹿な」と一蹴した行為だった。

「今ではヒットチャートを賑わしているジャズをエクストリーム化させたジャズコアと呼ばれる音楽。あれは、いつかまた聴かせたい相手が居たからこそ、紡ぎ続けてきた音楽ですよね？」

そうだ。

あの音楽たちは、彼女に聴かせたくて、人生を賭けて紡ぎ出してきたものだ。

いつだって自分は、相手を否定し黙らせてきた。何を言われても、まったく響かなかったからだ。

でもあの日、彼女の言葉は初めて響いてしまった。

正直、泣きそうなほどだった。

でも、自分はあまりに偏屈であまのじゃくで、否定の言葉しか放つことが出来ない。

きっともう一度会えたとしてもだ。

だけど、もしかしたら、音楽だけは違うかもしれない、と思いついた。

彼女にも優しく届くようなメッセージが籠められるかもしれない。

だから、あの日から、彼女に対するたくさんの自分の気持ちを籠め、曲を作り続けてきた。

その最初の一曲は、あの日目の前で生み出してみせた旋律から完成させたものだ。

そう回想しながら、ほとんど伏せている目をさらに細めた。

「初めて聴いた時、心臓を鷲《わし》づかみにされた感覚になりました。激しさの中にも優しさがあって、誰かに抱きしめてもらっているようで、心が温かくなります」

目は乾いたままだったが、涙腺だけは緩む思いだ。

「もしかしたら、世界の外側を見てきたのはあたしのほうかもしれません。もし、五十年前に生き別れた大切なお連れさんが、あたしだとしたらです。それを知るために、あなたは探していたんでしょう？　だから人生の理不尽を誰よりも知りながら、今日まで生きてきたんでしょう？」

老婆は何かを言おうとしたが、激しく咳をする。それには血が混じっていた。

「信じられないかもしれませんが、あたしには世界の外側に居た記憶があるんです。あなたの言うところのイルカにとってのプールの外側です。きっとそれこそがあなたの追い求めていた世界の形、魂の仕組み、つまりは真理なんだと思うんです」

老婆はもう揺れなくなった。ぴたりと静止していた。

「あたしはそれを知って、帰ってきたんです。あなたに伝えるために。きっと。恐らくですけど……。それを聞いてもらえますか、猫狩り族の長よ」

女の子はそこで首を振って、

「いえ、十郎丸さん」

と言い直した。

「…………」

老婆は再び体に力を籠めて、深く呼吸をする。

訊かなければ。確認しなければ。

力を振り絞り、喉頭の筋肉を動かし、息を声に変えることを試みる。

「と……」

久しくやっていないことだった。皺深い顔をさらにしかめ、苦悶《くもん》の表情となる。

「ときつばきくん……なのか……」

ほとんど声にはなっていなかったが、なんとか発した。

女の子は自信を持って頷き、嬉しさのあまり老婆の足下に音も立てず、すっと移動する。

「そうです。大事な話をしにきたんです。世界の外側の話です。あなたは、そのためにあたしを探していたんでしょうから」

ようやく会えたというのか。

だが、疲れた。老婆は力尽きたように項垂れた。

「遅くなってすみません」

骨と皮だけになった手に女の子は手を重ねる。

吐血しているし、時間がなさそうだ。早く伝えなければと思った。

「聞いてください。あたしの見てきた世界は……」

だが、

「あしたは……」

と老婆は彼女の声を遮った。また声を懸命に紡ごうとしていた。

「明日？」

女の子はそれ以上に大事な話など、この期に及んで存在しうるのだろうか？　と疑問に思って訊き返す。

「あしたは……どこにつれていってくれるのだ……？」

そう言って、口角を震わせた。

それは恐らく、笑みだった。

報われた表情だった。

彼女はとんでもない思い違いをしていたことに気づく。

この女性が老婆に成り果てるまで長い時間生きてきたのは、世界の外側を知るためじゃない。

すでに世界の形や魂の仕組みにも、興味はなかったのだ。

ただ、もう一度、外に連れ出してくれる最愛の友と再会したかった。

そして、あの幸せだった日々の続きを生きてみたかった。

それだけだったのだ。

だったらと思い直す。

それに合わせてあげなくては。それこそが長すぎた約束に対する誠意だと思った。彼女は誰よりも女の子自身の存在を信じていたからだ。

「いいでしょう。明日はどこに行きましょうね」

女の子が上を向いて思案し始めると、老婆はそれだけで満足のようだった。

幸せそうな笑みを湛えたまま、深い眠りに落ちた。

残された猫たちは食事を終え、相も変わらず一定の距離を置いたまま、毛繕いを始めていた。

本書は書き下ろしです。

麻枝 准（まえだ・じゅん）

1975年1月3日生まれ。三重県出身。シナリオライター、作詞家、作曲家、サウンドプロデューサー。

本作が初小説作品となる。

猫狩《ねこが》り族《ぞく》の長《おさ》

2021年5月17日　第1刷発行
2021年5月18日　第2刷発行

著者　麻枝《まえだ》 准《じゅん》

発行者　鈴木章一

発行所　株式会社講談社
〒112-8001　東京都文京区音羽2-12-21
電話　出版　03-5395-3511
　　　販売　03-5395-5817
　　　業務　03-5395-3615

本文データ制作　講談社デジタル製作

印刷所　豊国印刷株式会社

製本所　大口製本印刷株式会社

ISBN978-4-06-523023-7　N.D.C.913　308p　20cm